CULTURBOOKS

RAY LORIGA

———

KAPITULATION

ROMAN

AUS DEM SPANISCHEN
VON ALEXANDER DOBLER

Copyright der deutschsprachigen Ausgabe:
© CulturBooks Verlag 2022
Gärtnerstraße 122, 20253 Hamburg
Tel. +49 40 31 10 80 81
info@culturbooks.de
www.culturbooks.de
Alle Rechte vorbehalten

Erstmals erschienen unter dem Originaltitel RENDICIÓN
(Premio Alfaguara de novela 2017)
bei Alfaguara, Penguin Random House Grupo Editorial.
© 2017, Ray Loriga

Die Übersetzung dieses Buches wurde unterstützt
durch die Acción Cultural Española, AC/E.

Übersetzung: Alexander Dobler
Redaktion: Jan Karsten
Herstellung: Klaus Schöffner
Umschlaggestaltung: Cordula Schmidt Design, Hamburg
Umschlagillustration: Alessandro Gottardo
Porträtfoto: © Fatima de Burnay
Druck und Bindung: CPI – Clausen & Bosse, Leck
Printed in Germany
1. Auflage 2022
ISBN 978-3-95988-155-5

»Wer lebt denn schon mehr als vierzig Jahre?
Ich sage Ihnen, wer: Dummköpfe und Schurken.«
Fjodor Dostojewskij

»Die anderen Menschen fand ich in der
entgegengesetzten Richtung ...«
Thomas Bernhard

»I hate rabbits.«
Eddie Cochran

I

Unser Optimismus ist unbegründet. Es gibt keinen Anlass für die Annahme, Besserung wäre in Sicht. Er wächst von ganz allein, unser Optimismus, wie Unkraut, nach einem Kuss, einem netten Gespräch, einem guten Glas Wein, auch wenn kaum noch etwas davon übrig ist. Ganz ähnlich ist es mit dem Kapitulieren: Eines schlechten Tages, in der Dämmerung, keimt die giftige Pflanze der Niederlage und gedeiht, genährt durch etwas Belangloses, etwas, was uns zuvor, unter besseren Umständen, nicht das Geringste ausgemacht hätte. Und wenn sie schließlich die Grenze unserer Belastbarkeit durchbricht, vernichtet sie uns. Aus heiterem Himmel zerstört uns etwas, dem wir vorher kaum Beachtung geschenkt haben, als wären wir in die Falle eines geschickteren Jägers getappt, die wir nicht bemerkten, weil wir abgelenkt waren und auf den Köder starrten. Allerdings will ich nicht bestreiten, dass wir selbst, solange wir konnten, mit denselben Mitteln gejagt haben, mit Fallen, Lockvögeln und allerlei groteskem, aber äußerst effektivem Mummenschanz.

Betrachtet man den Garten des Hauses genauer, wird einem sofort klar, dass er schon bessere Tage gesehen hat und dass der leere Pool sehr gut zum Brummen der Flugzeuge passt, die jede Nacht unser Anwesen heimsuchen, wie übrigens auch alle anderen Anwesen in unserem Tal. Wenn sie ins Bett geht, versuche ich sie zu trösten. Dabei weiß ich ganz genau, dass gerade etwas zusammenbricht und dass es uns nicht gelingen wird, es wieder zu reparieren. Jede Bom-

| 9

be in diesem Krieg reißt ein Loch, das wir nie wieder stopfen können. Das weiß sie genauso gut wie ich, auch wenn wir es vor dem Einschlafen verdrängen, auf der Suche nach etwas Ruhe, die wir nicht mehr finden, auf der Suche nach einer längst vergangenen Zeit. Manchmal lassen wir auch der Erinnerung freien Lauf, damit wir besser einschlafen können.

In jener anderen Zeit genossen wir all das, wovon wir annahmen, dass wir es für immer hätten. So erfrischte uns an heißen Tagen das kühle Wasser des Sees, den wir einen See nannten, obwohl es eigentlich nicht viel mehr war als eine große Pfütze. Er bot uns Raum für allerlei Vergnügungen und sichere Abenteuer. Was natürlich ein Widerspruch in sich ist, »sichere Abenteuer«, ein Widerspruch, der uns aber damals nicht aufgefallen ist.

Wir besaßen ein kleines Boot, mit dem die Kinder stundenlang spielten, sie wären Piraten. Und gelegentlich nahm ich sie, meine Frau, damit an Sommerabenden »raus aufs Wasser« – so nannten wir das –, wo wir uns unseren Gedanken hingaben. Dabei schwiegen wir, ganz entspannt und ruhig.

Gestern kam ein Brief von Augusto, unserem Sohn, unserem Soldaten, durch den wir erfuhren, dass er vor einem Monat noch am Leben war, auch wenn das keineswegs heißt, dass er nicht heute bereits tot sein könnte. Die Freude, die wir beim Lesen empfinden, lässt auch unsere Furcht wieder ein kleines bisschen größer werden. Seit die Übergangsregierung beschlossen hat, die Übertragung der Pulsationen auszusetzen, warten wir wieder auf den Postboten wie zu Zeiten unserer Großeltern. Einen anderen Kommunikationsweg gibt es nicht. Wenigstens haben wir von Augusto im letzten Monat eine Nachricht erhalten. Von Pablo hingegen haben wir schon seit fast einem Jahr nichts mehr gehört. Als sie zur Front einberufen wurden, gaben uns die Pulsationen noch kontinuierlich Auskunft über das Schlagen ihrer Herzen. Sie meint, fast wäre es so gewesen, als hätte sie unter ihrem eigenen Herzen die kleinen Herzen der beiden pochen gespürt, wie während ihrer Schwangerschaft. Nun bleibt uns nur, in aller Stille davon zu träumen, dass sie noch leben. Die Eltern kämpfen einen anderen Krieg als die Männer an der Front. Unsere einzige Aufgabe ist es zu warten. Und dabei verödet der Garten und stirbt langsam vor sich hin, erschöpft und kraftlos. Sie und ich dagegen stehen jeden Tag auf, ohne den Mut zu verlieren.

Unsere Liebe geht gestärkt aus diesem Krieg hervor.

Es ist nicht leicht, heute eine Aussage darüber zu treffen, wie sehr wir uns früher geliebt haben. Die Küsse auf unserer Hochzeit waren ganz bestimmt ernst gemeint, doch diese Aufrichtigkeit war verbunden mit unseren Körpern von damals, und gewiss hat die Zeit das eine oder andere an uns verändert. Heute Morgen bin ich wieder einmal unser Grundstück abgeschritten und musste dabei feststellen, wie wenig dieser Ort jetzt noch dem ähnelt, was wir einmal unser Zuhause nannten. Der See ist fast komplett ausgetrocknet. Irgendwer, vermutlich der Feind, hat an den Flussläufen in den Bergen Stauseen errichtet. Das Seeufer, das früher aussah wie ein Dschungel, eine regelrechte grüne Hölle, ist jetzt dabei zu veröden.

Der Krieg an sich verändert nichts. Er erinnert uns nur mit seinem Lärm daran, dass sich alles ständig ändert.

Und trotz des Krieges, oder dank des Krieges, blicken wir nach vorn, an guten Tagen, in guten Nächten, Tag für Tag, einfach so, einen Kuss nach dem anderen, wider alle Vernunft. Das Wasser kocht, die ererbte Teekanne mit dem gehäkelten Überzug, die letzten Reste an Teebeuteln ... Alles, was wir noch haben, wird erneut aufgekocht, gehegt, ge-

| 11

pflegt und weiter genutzt. Zwischen uns lebt und stirbt etwas. Etwas Namenloses, das wir aus gutem Grund zu leugnen beschlossen haben. Die Leidenschaft muss das Unglück ignorieren, sonst geht sie zugrunde. Wir haben Entscheidungen gefällt. Eine davon lautet, nicht allein zu sein. Lieben heißt, allen bösen Geistern abschwören, die uns weismachen wollen, es ginge auch ohne die Liebe.

Glücklicherweise wächst im Angesicht des Bösen die Nähe.

Ich kann über ihre Hände sprechen, weil ich sie kenne, weil sie mir nahe sind. Über das, was zu weit entfernt ist, lässt sich nichts sagen. Im Keller weint ein Kind. Es ist zwar nicht unser Sohn, aber wir versuchen, so gut es geht, für ihn zu sorgen. Wir mögen es beide, für etwas zu sorgen, darin zumindest sind wir uns ähnlich, auch wenn der Garten leise vor sich hinstirbt. Das Bürschlein kam im vergangenen Sommer zu uns, mehr als sechs Monate ist das jetzt her. Wir wissen nicht, wie alt er ist, aber wir schätzen ihn auf neun. Wir haben zwei Jungs gehabt, und ihr Wachstumsfortschritt ist mit Bleistift auf der Wand im Kinderzimmer markiert. Also haben wir das Alter dieses Fremden anhand der Größe unserer eigenen Kinder berechnet, auch wenn wir wissen, dass dies keine eindeutige Aussage sein kann. Es ist schließlich nicht unser eigener Sohn, den wir hier messen. Aber er hatte keine Familie, also haben wir ihn bei uns aufgenommen.

Als er ankam, war er verletzt, das machte es uns leichter, ihm zu helfen. Wir sind keine besonders guten Menschen, so viel steht fest, aber das heißt noch lange nicht, dass wir kein Mitleid empfänden. Abgesehen davon haben wir jede Menge Platz, seit unsere beiden Jungs weg sind. Im Keller verstecken wir ihn nur, weil wir noch nicht entschieden haben, was wir später mit ihm anfangen wollen. Der Krieg zerstört vieles, aber er schafft auch neue Möglichkeiten. Und Möglichkeiten hatten wir früher keine, deshalb brauchen wir jetzt ein bisschen Zeit, um zu reagieren. Menschen, die guter Dinge sind, haben keine Furcht. Wir dagegen schon, also ich zumindest habe Angst, für sie möchte ich da lieber nicht sprechen. Jedenfalls glauben wir nicht, dass wir irgendwem sein Kind wegnehmen. Besser gefällt uns der Gedanke, dass wir uns seiner angenommen haben.

Allerdings hat der Bursche noch nicht ein Wort gesagt. Sein Schweigen beunruhigt uns, aber es ist auch ein bisschen tröstlich. Wir warten auf sein erstes Wort und fürchten es zugleich.

Denn was, wenn sein erstes Wort gar nicht »danke« ist? Was machen wir dann mit ihm?

Manchmal weint er nachts, wenn wir Sex haben, aber wir lassen uns davon nicht stören. Schließlich hatten wir auch Sex, während unsere eigenen Kinder weinten. Wir sind nicht verrückt oder so, aber anders gibt es nun mal keinen Nachwuchs. Das ist der natürliche Lauf der Dinge. Das Leben bedroht nicht etwa neues Leben, nein, im Gegenteil, es bringt es hervor. Gestern habe ich unserem Gefangenen ein Schachspiel geschenkt. So nennen wir ihn zwar, wenn wir von ihm sprechen, aber seine Tür ist nicht verschlossen. Wenn er wollte, könnte er jederzeit gehen. So wie er auch aus eigenem Antrieb gekommen ist. Jedenfalls, er bleibt. Ich nehme mal an, der Wille, der ihn zu uns führte, ist derselbe, der ihn auch bei uns bleiben lässt. Im Gegenzug bekommt er gut zu essen, und das trotz unserer beschränkten Möglichkeiten. Bananen mag er nicht, das haben wir inzwischen herausgefunden, er ist schließlich kein Affe. Kartoffeln mit Chorizo dagegen ist sein Leibgericht, das verschlingt er regelrecht, sogar die Finger leckt er sich danach. Es ist immer schön, ein Kind essen zu sehen, selbst wenn es nicht das eigene ist.

Wir haben beide einen ganz guten Eindruck von dem ver-
dammten Burschen, auch wenn wir keine Ahnung haben,
woher er kommt. Jedenfalls, wenn alles gut läuft und der
Knabe sich entsprechend benimmt, bringen wir ihn am
Ende vielleicht doch noch im Kinderzimmer unter. Ihr wäre
es am liebsten, wenn das sofort geschähe. Ich dagegen bin
zögerlich, schließlich kennen wir sein wahres Verhalten
noch nicht. Außerdem haben wir keine Ahnung, ob unsere
eigenen Söhne den Krieg überleben werden und nach ihrer
Rückkehr zurück in ihre Zimmer wollen. In Wirklichkeit
wissen wir so gut wie gar nichts, das ist mein einziger Trost.
Denn wenn ich beim Anblick unseres verdorrenden Gar-
tens eines gelernt habe, dann, dass weder das Gute noch das
Böse im Leben auf unsere Pläne Rücksicht nimmt oder sich
darum schert, ob wir uns bei irgendetwas Mühe geben. Es
geschieht einfach. So ist das.

Sie hat den Jungen als Erste gesehen. Sie sah, wie er über
den Hügel gelaufen kam und blutend zu uns in den Garten
stolperte, ohne ein Wort der Klage. Sie hat ihn ins Haus ge-
holt und seine Wunden versorgt, sie hat ihm die Kleidung
unserer Kinder gegeben, die wir sorgfältig aufbewahrt hatten, hat ihn gebadet und ihm Abendessen zubereitet und
ihm das Bett gemacht, unten, im Spielzimmer im Keller.
Meinen Vorschlag, die Polizei zu rufen, hat sie abgelehnt.
Ein Kind war ihr lieber als eine Ermittlung. Sie weiß immer
ganz genau, was sie nicht will.

Das alles ist jetzt mehr als sechs Monate her, aber nach
wie vor sagt der Junge keinen Ton. Mir gefällt der Gedanke,
dass es ihm an nichts fehlt. Er benimmt sich ordentlich,
manchmal schmeißt er ein bisschen seine Spielsachen
durch die Gegend, aber noch ist nichts Wertvolles zu Bruch
gegangen. Er sieht ganz anders aus als unsere eigenen Kinder, sehr schmal und dunkel. Unsere Jungs dagegen waren

kräftig und blond, oder vielmehr sind sie es noch, jedenfalls, bis sie für tot erklärt werden. Irgendwie seltsam, aber seine Anwesenheit wird uns immer vertrauter. Wir sehen zusammen fern. Traurige Filme meiden wir, genau wie traurige Lieder, eigentlich alles, was irgendwie traurig ist. Komödien mag er, da lacht er. Er ist ein fröhlicher Junge und ein guter Esser, wir können wirklich nicht klagen. Wenn er auf dem Sofa einschläft, streichelt sie ihm übers Haar, was er sich gerne gefallen lässt. Anschließend bringe ich ihn ins Bett und ziehe ihm einen Schlafanzug an. Einen Gutenachtkuss wie unseren eigenen Kindern gebe ich ihm nicht, das traue ich mich nicht. So nett er auch sein mag, unser eigenes Kind ist er nicht.

Heute Morgen kam der Bezirksvorsteher vorbei und erkundigte sich, wie es bei uns so läuft. Es scheint, als würde der Krieg noch dauern und die Bomben immer näher kommen. Er macht sich Sorgen um uns und unsere Widerstandskraft. Natürlich haben wir gelogen. Oder vielleicht auch nicht. Vielleicht gibt uns das Kind ja wirklich neue Kraft. Die Vorratskammer ist so gut wie leer. Tee haben wir nur noch wenig, Kaffee noch weniger, den Wein trinken wir aus immer kleineren Gläsern, Gemüse haben wir keins, nur Bohnen, Chorizo, Wurst und Kartoffeln für zwei Wochen, dazu noch Tomatensoße für einen Monat. Milch ist nicht das Problem, denn aus unerfindlichen Gründen überstehen die beiden Kühe in unserer Gemeinde die schreckliche Dürre erstaunlich gut. Brot gibt es keins mehr, seit sie den Bäcker festgenommen haben. Es hieß, er habe klammheimlich Berichte geschrieben und dem Feind gezielt Nachrichten über uns alle zukommen lassen, sogar einen geheimen Sender habe man bei ihm gefunden. Schwer zu sagen, ob da etwas dran ist, aber jedenfalls ist es bedauerlich, denn backen konnte der Mann. Seit Krieg ist, haben die Verdächtigungen

| 15

weitaus mehr Schaden angerichtet als alle Kugeln zusammen.

Der Bezirksvorsteher hat uns darüber informiert, dass nächste Woche die Evakuierung geprobt wird. Wir haben keine Ahnung, was wir dann mit dem Kind anstellen werden, weder während der Übung noch falls aus der Übung am Ende eine echte Evakuierung werden sollte. Vor dem Krieg haben wir nie darüber nachgedacht, dieses Haus einmal zu verlassen. Ich glaube, sie und ich, wir waren stillschweigend übereingekommen, dass wir hier begraben werden würden. Aber jetzt ist alles anders. Unsere Pläne müssen sich ändern.

Am lustigsten ist es, nach dem Baden mit dem Jungen Fangen zu spielen. Er läuft dann immer weg, in ein Handtuch gewickelt. Dabei rutscht er auf dem Holzboden aus, aber das ist ihm egal, er steht einfach auf und läuft weiter. Wir beiden Erwachsenen jagen ihn lachend mit dem Pyjama, sie mit der Schlafanzughose, ich mit der Jacke. Es ist schon lange her, dass wir so glücklich waren. Ich glaube, ihr macht es ebenso viel Spaß, mir bei der verrückten Verfolgungsjagd zuzusehen, wie es mir große Freude bereitet, sie endlich wieder einmal lachen zu sehen. Wenn er den Schlafanzug dann schließlich anhat, machen wir den Fernseher an und holen uns eine Wolldecke. Die Kohle ist nämlich ausgegangen, und es ist kalt, trotz Ofen. Wir kuscheln uns aneinander und sehen uns eine Komödie an, Komödien mögen wir alle. Während er sich amüsiert, ziehen wir ihm die Socken an. Im Fernsehen laufen jetzt nur noch Komödien oder Dramen, traurige Lieder oder Marschmusik. Die Nachrichtensendungen fielen dem Abschalten des Pulsnetzes zum Opfer, damals, als WRIST die Kommunikation beendet hat. Früher konnte man einfach, wann immer man wollte, mit einer Drehung des Handgelenks nachsehen, was in der

Welt los war, mehr noch – und wichtiger –, man konnte seine Liebsten in Echtzeit kontaktieren, sogar das Pochen ihrer Herzen konnte man spüren. Aber das bläuliche Licht, das früher einmal am Handgelenk schimmerte, ist schon seit langer Zeit erloschen. Jetzt sollen wir uns im Fernsehen über Komödien amüsieren, die wir schon tausendmal gesehen haben. Aber besser als gar nichts. Und unser Bürschlein hier amüsiert sich prächtig.

Wenn der Junge endlich eingeschlafen ist, sinken sie und ich erschöpft zu Boden und umarmen uns ganz fest, so wie früher. Wir tun schließlich nichts Böses, und der Junge hat von ganz allein zu uns gefunden. Er ist ja nicht entführt worden oder so, und uns gefällt der Gedanke, dass er niemanden hat außer uns.

Andererseits, sie und ich, wir sind sehr unterschiedlich. Sie ist eine feine Dame. Während ich, bevor ich ihr Ehemann wurde, ihr Angestellter war. Ihr Leben ist ganz anders als meins. Aber wenn man unter einem Dach lebt, verliert man deswegen noch lange nicht seinen eigenen Namen.

Sie ist eine feine Dame, so war das schon immer. Und ich war – jeder weiß das, leugnen wäre zwecklos –, bevor ich ein feiner Herr wurde, ihr Diener.

Ich wurde als Tagelöhner geboren und brachte es bis zum Vorarbeiter, und an diesem Punkt nahm sie mich und machte, entgegen meinem Naturell, einen feinen Herren aus mir, einen Vater und Ehemann. Sie ging ganz langsam vor, bedächtig und beharrlich. So wie sie alles macht.

Der Bezirksvorsteher hegt keinerlei Verdacht. Wir haben zwei Söhne, die im Krieg sind und die für uns kämpfen. Er respektiert uns, aber seine ungeheure Verantwortung und seine geringen Befugnisse zwingen ihn dazu, ein paar Fragen mehr zu stellen, als gut wäre. Sie kennt alle Antworten.

Wenn sie Nein sagt, dann hört sich das auch an wie ein Nein, ohne jeden Hintergedanken. Sie vermeidet die nächste Frage schon, während sie die erste geschickt beantwortet. Sie besitzt eine Gabe dafür. Während der Bezirksvorsteher zu Besuch war, schlummerte der Knabe. Oder wenigstens tat er so, denn genau das hatte sie ihm beigebracht. Und er war ein gelehriger Schüler. Der Junge weiß ganz genau, wie er sich zu verhalten hat. Woher er auch kommt, er ist keineswegs scharf darauf, zurückgebracht zu werden. Er begnügt sich mit dem wenigen, was wir an Essen und Wärme für ihn aufbringen können. Und das beruhigt uns, denn offen gestanden stellen die eigenen Kinder meist die größeren Ansprüche. Jedenfalls kam es mir immer so vor, wenn ich mir die beiden so ansah und feststellte, wie sehr sie ihrer Mutter glichen. Und vermutlich verbanden sich da der väterliche Stolz und die Verantwortung zu dem Gefühl, dass niemals etwas genug für sie sein könnte. Unsere beiden Jungen, Augusto und Pablo, sind keine zwei Jahre auseinander. Sie sind zusammen groß geworden, haben sich zusammen freiwillig zum Militär gemeldet, und sie sind zusammen in den Krieg gezogen. Für einen Mann, der selber nicht im Krieg war, ist es seltsam, zwei Söhne zu haben, die Soldaten sind. Vom Gefühl her müsste ich es sein, der sie mit seinen Waffen beschützt, nicht umgekehrt. Ich fühle mich nutzlos. Der kleine Gefangene, der eigentlich keiner ist, hilft mir dabei, all das zu vergessen, wie im Übrigen auch fast alles andere. Wenn er lächelt, denke ich an die Zeit, als ich meine eigenen Jungen erzog. Nachts greife ich manchmal zu meiner alten Büchse, meiner Remington, und patrouilliere im Haus auf und ab. Lächerlich, ich weiß, aber irgendwie auch tröstlich. Vielleicht bringe ich dem neuen Jungen irgendwann das Jagen bei. Im Wald treibt sich noch immer mindestens ein vereinzelter Fuchs herum. Sehen kann ich ihn zwar nicht, aber ein Fuchs ist es auf jeden Fall, denn an den Hühnerställen habe ich Kratz- und Bissspuren im Holz gefunden.

Für die Evakuierungsübung haben wir ganz klare Anweisungen erhalten. Was wir mitnehmen dürfen, in welche Reihe wir uns zu stellen haben, welche Ausweispapiere wir mitführen müssen. Wir machen uns Sorgen um den Jungen. Wie sollen wir ihn verstecken, welche Ausweispapiere sollen wir für ihn vorzeigen? Gestern haben wir uns deswegen gestritten. Sie meint, falls eine echte Evakuierung stattfindet, wenn also der Feind sozusagen bereits vor der Tür steht, würden keine großen Fragen mehr gestellt oder Vorsichtsmaßnahmen getroffen. Ich bin da anderer Meinung. Ich kenne die Leute hier aus der Gegend und weiß um den Neid, mit dem viele uns begegnen, und ich möchte diesen Leuten keinen Vorwand bieten, uns irgendwie zu schaden. Andererseits sind wir uns beide völlig im Klaren darüber, dass wir den Jungen nicht allein hier zurücklassen und dem Feind ausliefern können oder, schlimmer noch, dem Verhungern, falls nämlich der Feind auf sich warten ließe.

Die Übung wurde abgesagt. Anscheinend ist die Zeit zu knapp. Heute Morgen wurde verkündet, dass wir umgesiedelt werden müssen, denn der Krieg wäre verloren. Deshalb sei es in unser aller Interesse, unsere Häuser zu verlassen. So wurde uns gesagt. Man könne uns dann besser schützen.

Es geschieht alles zu unserem Besten.

Hier, mitten unter uns, so wird gemunkelt, gibt es immer mehr Spione, und die Ratten verkriechen sich, oder andersherum, es gibt immer mehr Ratten, und die Spione verkriechen sich, so genau habe ich das nicht verstanden. Jedenfalls, unser Eigentum wird konfisziert, aber die Besitzverhältnisse werden respektiert, und vielleicht, also günstigstenfalls, könnten wir dann irgendwann wieder zurück auf unser Land. Wenn der Krieg beendet und das Misstrauen überwunden wäre.

Angeblich ist der neue Ort, zu dem wir gehen, viel sauberer als dieser hier: ein in sich geschlossener, lichtdurchströmter Raum, in dem sich das Böse weder verstecken noch Schaden anrichten kann. Sie nennen ihn die Durchsichtige Stadt.

Die Leute, die für uns zuständig sind, denken für uns, noch während sie über uns nachdenken. Was der Bezirksvorsteher sagt, ergibt jede Menge Sinn, und er wiederholt nur, was er von der Regierung gesagt bekommt. Und vermutlich weiß die Regierung ganz genau, warum sie etwas sagt und tut.

Wir haben eine Woche, um unsere Abreise vorzubereiten. Sie haben im Rathaus eine Versammlung einberufen und uns erklärt, dass die Durchsichtige Stadt weder Exil noch Gefängnis bedeutet, vielmehr stellt sie einen Zufluchtsort dar. Ob das alle verstanden haben, weiß ich nicht, denn es gab viel Gemurmel und natürlich Fragen, und auch Protest wurde laut. Der Mann von der Fischzucht wollte wissen, für wie lange wir denn an diesem Zufluchtsort bleiben sollten und ob wir dann nicht so etwas wie Flüchtlinge wären, und der Bezirksvorsteher erklärte uns, dass es sich nicht um ein temporäres Lager handelte, sondern um eine rundherum sichere Stadt, in der wir beginnen sollten, an eine neue Zukunft zu denken. Daraufhin fragte eine andere, die, glaube ich, in der Stadtverwaltung arbeitet, ob wir denn dann überhaupt nicht mehr zurückkommen würden, und dann sagte jemand aus einer der hinteren Reihen, dass sie keineswegs vorhätten mitzugehen, und da ist der Beauftragte dann angesichts der ganzen Fragen doch ein bisschen unruhig geworden und hat versucht, die Sache mit dem Hinweis darauf zu beenden, wir würden alle weiteren Informationen bei unserer Ankunft in der Stadt bekommen. Mir reichte das an Information, aber den anderen Anwesenden nicht, und viele riefen ihre Fragen und ihren Protest laut durch den Raum, bis der Bezirksvorsteher schließlich seinen Revolver zog und in die Luft schoss, damit endlich Ruhe herrschte. Als das Schweigen auf diese etwas ungute Art wieder hergestellt war, sagte er zum Abschluss, unsere Fragen würden seine Kompetenzen überschreiten, aber alle unsere zweifellos berechtigten Anliegen würden zu gegebener Zeit von höherer Stelle beantwortet werden.

Wir hielten beide den Mund. Wir haben schließlich selbst genug Probleme.

Wir wissen nicht, wie wir den Jungen, der nicht unserer ist, verstecken sollen. Deshalb versuchen wir, uns etwas auszudenken, was als einigermaßen plausible Begründung für seine Anwesenheit durchgehen könnte. Wird der Bombendonner leiser, beginnt die Gerüchteküche zu brodeln. Täglich wird irgendein weiterer Nachbar verhaftet. Erklärungen dafür gibt es keine. Die Schuldigen wissen selbst am besten, was sie getan haben. Wer unschuldig ist, hat nichts zu befürchten. In die Durchsichtige Stadt kommen nur die, gegen die keine Verdachtsmomente bestehen. Es gibt Denunzianten, die andere Denunzianten denunzieren. Gestern wurde der Postdirektor festgenommen, mit der Begründung, er würde die Briefe öffnen, lesen und dann wieder zukleben, bevor er sie ausliefert. Es heißt, der Feind laure überall, jeder sei verdächtig. Wir haben zwei Söhne an der Front, deshalb werden wir fürs Erste in Ruhe gelassen, die Tapferkeit unserer Söhne spricht für uns und nötigt unseren Nachbarn einen gewissen Respekt ab. Wir sind

Eltern zweier Frontsoldaten, und deshalb besteht seitens des Dorfes auch kein Zweifel an unserer Loyalität. Niemand verrät seine eigenen Kinder. Unser Problem ist der Junge, das wissen wir ganz genau. Wir halten einen Jungen bei uns versteckt, dessen Herkunft ungeklärt ist, dadurch könnten wir Schuld auf uns laden. Es muss etwas geschehen mit dem Knaben. Während wir die Koffer packen, schmieden wir Pläne. Nachts unterhalten wir uns bei gedämpftem Licht im Flüsterton, als würde uns jemand belauschen. Ich glaube, wir haben beide Angst.

Sie ist einverstanden damit, dass wir ihn als unseren Neffen ausgeben, das erscheint uns als die nachvollziehbarste Option. In diesem Krieg sind viele Menschen gestorben, da ist es nicht weiter verwunderlich, wenn wir uns um die Kinder unserer Toten kümmern. Ich selbst habe keine Geschwister, aber sie hat zwei Brüder, die in der Hauptstadt leben. In ihrem Alter hätten sie zwar schlechte Soldaten abgegeben, aber als Bombenopfer konnten sie durchgehen. Um eine Bombe auf den Kopf zu kriegen, muss man kein bestimmtes Alter haben oder irgendeine besondere Begabung. Das kann jedem passieren. Und sie hat schon seit Langem nichts mehr von ihren Brüdern gehört. Sie könnten also wirklich tot sein. Die Telefonleitungen funktionieren schon seit über einem Jahr nicht mehr, Briefe kommen verspätet an (und wenn, dann hat sie anscheinend schon jemand gelesen), im Prinzip ist also eigentlich alles möglich. Klar ist auch, dass wir einen Namen für den Jungen brauchen, auf den er dann auch hört, oder wenigstens sollte er sich umdrehen, wenn er gerufen wird. Wenn man sich bei einem Namen umdreht, bedeutet das, es ist der eigene.

Wir sind uns zwar wegen des Namens uneins, aber wir sind beide der Meinung, dass er möglichst schnell einen bekommen und annehmen sollte. Schließlich braucht der arme Junge auch ein bisschen Zeit zum Üben. Ich bin für Julio, aber sie bevorzugt Edmundo, was ich für viel zu lang und kompliziert halte. Außerdem klingt es irgendwie falsch. Ich glaube, wenn ich ein bisschen quengele, wird es am Ende Julio werden. Die Namen unserer leiblichen Kinder hat sie ausgesucht, da fände ich es nur gerecht, wenn ich wenigstens den Namen für diesen Fremden hier bestimmen dürfte.

Schon diese Woche soll es losgehen, deshalb gehen wir nachts raus und sehen uns unser Haus schon mal von außen an, aus dem abgestorbenen Garten heraus. Damit wir uns an den Anblick gewöhnen. Ein paar Mal haben wir es getrieben, seit wir erfahren haben, dass wir von hier wegmüssen. Und wir haben keine Ahnung, ob es in der Durchsichtigen Stadt überhaupt noch möglich sein wird, es miteinander zu treiben.

Denn eins steht fest: Transparenz beeinträchtigt die Privatsphäre.

Heute Morgen machte ein Gerücht die Runde, und der hiesige Bezirksvorsteher hat es uns später bestätigt: Man darf nur sehr wenig in die Stadt mitnehmen. Keine Möbel zum Beispiel, denn Umzugswagen sind nicht vorgesehen, auch keine Bücher, denn es gibt dort schon welche, zwei Familienfotos pro Paar, jeweils einmal die Eltern, und dazu Fotos von den Kindern, falls welche da sein sollten, und zwar je eins pro Kind. In der Durchsichtigen Stadt muss fast alles wieder bei null anfangen. Keine Putzmittel, denn um die Sauberkeit kümmert sich die Übergangsregierung, auch nichts Schmutziges, damit ihre Arbeit nicht unnötig erschwert wird, ein Sportgerät pro Person, einen Ball, einen Tennisschläger oder ein Schachspiel zum Beispiel, denn Schach ist eine anerkannte Sportart, auch wenn so mancher das vielleicht für einen Witz halten wird. Auf gar keinen Fall Waffen, denn für unsere Sicherheit bürgt die Stadt, Skier auch nicht, denn Schnee gibt es keinen. Badebekleidung geht, denn es gibt dort ein Schwimmbad, ebenso Brillen und Kontaktlinsen, Medikamente dagegen nicht, denn die werden wir dort bekommen, nachdem wir zunächst oberflächlich auf unsere Gesundheit hin untersucht sein werden. Der Bezirksvorsteher sagt, unser Glück könnten wir dort ebenso gut finden wie überall sonst auf der Welt, aber vor allem, meint er, wären wir dort in Sicherheit. Meine Frau hat daran so ihre Zweifel, und ich genauso, fürchte ich, aber was bleibt uns anderes übrig, als der Regierung zu vertrauen, auch wenn es nur eine Übergangsregierung ist. Die Alternative lautet entweder Tod oder Anarchie. Zwei Dinge, die weder sie noch ich wollen. Fast freue ich mich schon ein bisschen auf dieses angeblich so sichere Abenteuer.

Während unsere Vorbereitungen laufen, rufen wir den Jungen gelegentlich bei beiden Namen, Julio und Edmundo, aber bei keinem davon dreht er sich um. Vermutlich hat er einen eigenen Namen, aber den kennen wir nicht, weil er ja nicht mit uns spricht ...

Sie ruft Edmundo, und ich rufe Julio, aber der Junge reagiert einfach nicht. Schließlich hat sie genug davon und stimmt mir zu. Ab sofort heißt er Julio.

Die Abreise steht kurz bevor, und sie haben uns mitgeteilt, dass wir unsere Häuser abbrennen müssen, damit sie dem Feind nicht in die Hände fallen. Aber die Grundstücke würden weiter als unsere im Grundbuch stehen bleiben. Und nach dem Krieg, wenn die Regierung es dann für angemessen hält und so beschließt, würde es offiziell Zuschüsse für den Wiederaufbau geben. Jemand fragte, ob das bedeute, dass wir zurückkehren könnten, und der Bezirksvorsteher antwortete, das hieße erst mal gar nichts, und dann fragte ein anderer, ob wir WRIST zurückbekämen und die Pulsempfänger, und der Bezirksvorsteher bestätigte uns, dass das ganze WRIST-System für immer und alle Zeit abgeschaltet sei, denn es habe sich als ein großer Quell der Unruhe erwiesen. Die nächste Frage lautete dann, ob wir Waschmaschinen bekämen oder mit der Hand waschen müssten, und da hatte der gute Mann es fast schon verständlicherweise satt, solche Auskünfte zu erteilen, und meinte bloß noch, so spezifische Informationen würden seine Sachkenntnis und seine Kompetenzen bei Weitem überschreiten.

Die Wahrheit ist, dass der Bezirksvorsteher allem Anschein nach genauso wenig Ahnung hat wie wir, was hier abgeht und was von jetzt an auf uns wartet. Das habe ich, ehrlich gesagt, schon längst bemerkt, deshalb stelle ich auch keine unnötigen Fragen. Für alle Fälle lasse ich die empfindlichen Wäschestücke zu Hause. Wer weiß, nachher waschen sie alles zusammen in einer Maschine.

Um die Häuser abzubrennen, haben sie uns Benzinkanister in die Hand gedrückt. Natürlich lag der Gedanke nahe, den Tank des Wagens damit aufzufüllen und uns unbemerkt aus dem Staub zu machen. Aber gestern ist der Wagen konfisziert worden, da sie auf diesen Gedanken auch schon gekommen sind. In die Durchsichtige Stadt fahren wir in großen, vollklimatisierten Bussen, denn das Schienennetz leidet sehr unter der Sabotage.

Das Haus abzufackeln wird nicht einfach werden, es ist schließlich immer noch unser Haus. Ihr kommen schon beim bloßen Gedanken daran die Tränen, also versuche ich, sie zu trösten. Nicht dass es mir nicht selbst leid darum täte, aber mit der Zeit ist mir das Trösten immer mehr zur Gewohnheit geworden. Außerdem gehört das Haus nun mal ihr, und zuvor gehörte es der Familie ihres ersten Mannes. Es ist also total normal, dass sie ganz besonders darunter leidet.

Wie jede Frau ist auch sie in Wirklichkeit stärker als jeder Mann, nur manchmal verliert sie die Fassung, und dann umarme ich sie. Es geschieht völlig unbewusst, so habe ich es mein ganzes Leben lang gemacht. Mein Vater hat es bei meiner Mutter genauso gemacht.

Julio lächelt uns an, als würde ihn das alles gar nichts angehen. Er ist klar im Vorteil, weil seine Unschuld ihn beschützt, zumindest fürs Erste. Aber wenn eines Tages herauskommt, dass er gar nicht zu uns gehört, dann wehe ihm ... Aber gut, möge Gott ihn davor bewahren.

Nur noch zwei Tage bleiben uns, dann geht hier alles in Flammen auf, und wir reisen ab. Die Koffer sind schon gepackt. Geschlafen haben wir kaum, aber das kann jeder mit einem kleinen bisschen Verstand nachvollziehen. Man verlässt schließlich nicht einfach so mir nichts, dir nichts sein Zuhause. Und außerdem war Vollmond. Sein weißes Licht drängte sich zwischen den Vorhängen hindurch und ließ uns gnadenlos alles, was bis vor Kurzem noch unser war, übertrieben deutlich vor Augen treten.

Erst im Morgengrauen sind wir endlich in den Schlaf gesunken, restlos übermüdet.

Das Heulen von Julio weckte uns auf. Manchmal, wenn er Albträume hat, weint er wie ein Baby. Wir wissen nicht, wovon er träumt, weil er ja immer noch nicht redet, aber er beruhigt sich schnell wieder, wenn er sich an sie kuscheln kann. Kinder und Tiere reagieren auf Veränderung mit Unruhe. Er spürt, dass wir gehen. Er hat seinen Koffer gesehen und die Benzinkanister im Wohnzimmer, auch wenn ich keine Ahnung habe, ob er weiß, wofür sie gedacht sind.

Gefrühstückt hat er reichlich, denn wir haben ihm so gut wie alles gegeben, was wir noch hatten. Allerdings hat sie noch ein paar Dosen zwischen unserer Kleidung versteckt, auch wenn sie uns hoch und heilig versprochen haben, an Essen werde es uns nicht fehlen. Sie traut ihnen nicht über den Weg, und verdenken kann ich es ihr nicht. Nachdem wir uns gewaschen haben, sind wir noch einmal über unser Grundstück geschlendert, bis ans hintere Ende, an den Waldrand. Wir wissen nicht, wann wir wieder zurückkommen werden, und so war es ein recht seltsamer Spaziergang. Nur für Julio nicht, der lief ganz zufrieden umher, kletterte auf Bäume und jagte Fliegen. Eichhörnchen gibt es schon lange keine mehr. Es lässt sich nur sehr schwer sagen, was ein Kind wirklich denkt, aber eins steht fest: Tage machen ihm überhaupt keine Angst. Angst hat er nur vor seinen nächtlichen Träumen. Wir dagegen haben Angst vor den Tagen, vor der Wirklichkeit, vor der Ahnung, dass wir vielleicht nicht zurückkehren werden, vor der Ungewissheit, wer wir dann sein werden, wenn es denn wirklich einmal so weit kommt.

Selbstverständlich habe ich meine Büchse mit in den Wald genommen. Sogar auf einen Spatz habe ich geschossen. Ich schieße eigentlich nicht auf Vögel, aber im Wald gibt es sonst nichts mehr, auf das man noch schießen könnte. Ich weiß nicht, wann ich wieder einmal jagen kann. In der Durchsichtigen Stadt sind Waffen verboten. Jedenfalls, ich habe keineswegs vor, meine Gewehre zusammen mit unserem restlichen Besitz und dem Haus zu verbrennen. Ganz im Gegenteil. Ich habe beschlossen, sie in ihren Schutzhüllen zu vergraben, während sie und der Junge schlafen. Und das werde ich niemandem erzählen. Weder ihnen noch dem Bezirksvorsteher oder sonst wem. Mit seinen Gewehren macht ein Mann, was er will. So viel steht fest.

Julio hat sich ein paarmal im Wald verlaufen. Wir haben seinen Namen gerufen, und er ist zurückgekommen. Wenigstens das hat geklappt. Julio ist ein guter Name.

Wir haben Beeren gesammelt und ein paar Blumen gepflückt. Wir wollen dieses Abendessen zu etwas ganz Besonderem machen. Etwas Besonderes ist alles, was sich nicht so schnell wiederholt, und etwas ganz Besonderes ist etwas, was sich vielleicht überhaupt nicht mehr wiederholt.

Keine Ahnung, ob ich das schon erwähnt habe, aber sie ist wirklich eine tolle Köchin. Die alten Kartoffeln sind zwar ein bisschen bitter, aber ihre süßliche Tomatensoße gleicht das aus. Außer in der Küche hat sie noch jede Menge andere Talente. Sie hilft mir oft dabei, nicht zu weinen, und manchmal unterhält sie mich mit ihren kleinen verrückten Geschichten. Und das ist etwas, was ich sehr an ihr bewundere und was ich selbst noch nie besonders gut konnte: Geschichten erfinden. Es wundert einen nicht, dass Julio ihr kaum von der Seite weicht, jetzt, wo er seinen Namen kennt, und selbst bevor er ihn kannte. Bei unseren Kindern war es ganz genauso. Leute, die Geschichten erzählen können, sind niemals allein.

Nach vielem Hineinlegen und Herausnehmen, Falten und Drücken, Verstauen und Verwerfen, Einsortieren und Aussortieren haben wir die Koffer jetzt schließlich mit all den Dingen gepackt, die wir für unser Leben in der Durchsichtigen Stadt brauchen. Sie stehen direkt am Eingang.

In diesem Haus wurden unsere Söhne geboren, hier tranken sie ihren ersten Schluck Milch, aus der Brust einer Amme, die zwar noch vor dem Krieg starb, aber doch auch durch diesen Krieg. Sie kam aus dem Ausland, dem Land des Feindes, und wurde, sobald sich die Spannungen häuften, des Landes verwiesen, direkt nach dem Mord an den zwölf Gerechten. Die zwölf Gerechten wurden ihres Glaubens wegen ermordet, was ziemlich verwunderlich ist, wenn man bedenkt, dass hier keiner jemals wirklich an irgendetwas geglaubt hat. Aber die zwölf Gerechten haben gebetet, und sie starben als Erste. Eine einzige Bombe erledigte alle zwölf auf einmal, und obwohl der Schuldige niemals gefunden wurde, schob man das Unglück gleich dem Feind in die Schuhe, auch wenn es gerade erst passiert war. In den Zeitungen stand damals, der Krieg stehe unmittelbar bevor, und schon ging es los mit den Deportationen. Unsere Amme starb in einem Flüchtlingslager gleich hinter der Grenze. Unsere Kinder hatten keine Erinnerung mehr an sie, als sie schließlich selbst in den Krieg zogen, und wir haben ihnen nie von ihr erzählt. Als der Krieg ausbrach, war Augusto neun und Pablo gerade mal acht. Ihr ganzes Leben lang haben sie immer nur Krieg erlebt, aber wir haben uns die größte Mühe gegeben, damit es nicht zu sehr danach aussah. Die Bomben zum Beispiel kamen erst in den letzten drei Jahren immer näher, vorher war es relativ einfach, sie in dem Glauben zu lassen, in Wirklichkeit gäbe es gar keinen Krieg. Über eine lange Zeit lebten wir in beträchtlicher Entfernung zum Unglück, bis es seine Tentakel schließlich über die Berge und in unsere Täler gleiten ließ, direkt hinein in unser Dorf und in den Wald und unser Grundstück. Bis die Angst vom gesamten Landstrich Besitz ergriff, bis die Nachrichten verkündeten, die Hauptstadt sei gefallen, bis schließlich alles Weitere geschah.

Sie und ich wussten, dass die Jungen Soldaten werden würden, wenn sich der Krieg in die Länge zog, deshalb verfolgten wir die Nachrichten insgeheim mit dem Wunsch auf einen Waffenstillstand, zu dem es aber nie kam. Der Krieg dauert jetzt schon mehr als zehn Jahre, es ist der längste Krieg, den wir je gesehen haben. Ein liebes Gesicht hatte die Amme, wettergegerbt, wie es bei Menschen üblich ist, die schon als Kinder von morgens bis abends im Freien arbeiten. Nur ihre Brust war von marmorner Blässe und übervoll mit Milch. Niemals hätten wir gedacht, dass sie uns irgendwie hätte schaden können, aber die Regierung war da gänzlich anderer Meinung. Ein Einzelner kann schon mal ein Risiko in Kauf nehmen, eine Regierung dagegen muss rechtzeitig reagieren, ja, den Ereignissen zuvorkommen, schon all der Dinge wegen, die uns irgendwann einmal schaden könnten. Höchste Verantwortung erfordert ebenso höchste Aufmerksamkeit. So ist das wohl, dachte ich, und deshalb hatte ich auch keine Einwände, als sie kamen, um die Amme zu holen, und aus demselben Grund sagte auch meine Frau kein Wort zu ihrer Verteidigung. Auch wenn die Amme sich mit der größten Sorgfalt um unsere Kinder gekümmert und uns niemals etwas Böses gewollt hatte, jedenfalls nichts, wovon wir wussten.

Nach und nach wiesen sie alle Hausangestellten aus, auch die Einwanderer, die sich um den Garten und ums Grundstück kümmerten, und dann mussten unsere Jungs an die Front, und am Ende waren wir ganz allein, bis dieser Bursche hier kam, Julio, den wir auf keinen Fall wieder verlieren wollen. Wenn ich mir das Grundstück so ansehe, ist von all den Dingen, die wir zuvor mit unserer Hände Arbeit erschaffen hatten, schon jetzt so gut wie nichts mehr übrig. Kein geerntetes Getreide, kein Obst in den Körben, kein Holz, das zu sägen wäre, kein Unkraut, das aus den Rosenstöcken gerissen werden müsste. Mittlerweile ist alles von demselben wilden, blütenlosen Kraut überwuchert. Weder Wiesel noch Siebenschläfer lassen sich blicken, nicht mal Ungeziefer, das sich zwischen den Dachschindeln versteckt, oder Wespen, die gegen die Fenster prallen. Weder Diebe, die man mit dem Gewehr verscheuchen, noch Ausländer, die man an einem Baum aufknüpfen könnte. Nur noch der Bezirksvorsteher kommt in diese Gegend, und schon seine bloße Anwesenheit scheint jedes Tier zu vertreiben, egal ob klein oder groß. Von allem, was uns früher einmal gehörte, gibt es jetzt nur noch den Schatten des Hauses und das Haus selbst. Die Namen derer, die unter unserem Dach und in unseren Stallungen schliefen, haben wir mit der Zeit vergessen, und so erinnern wir uns nur noch an Augusto und Pablo, unsere beiden Soldaten, die eigentlich noch Kinder sind. Von Augusto erhielten wir hin und wieder Briefe, von Pablo dagegen nie. Jeder Tag kann ihren Tod bedeuten. Wenn sie nicht bereits seit Langem gestorben sind. Immer wieder sagt sie das, jeder Tag kann ihren Tod bedeuten. Immer und immer wieder sagt sie es, und ich antworte ihr, aber nein, das ist doch nicht wahr, mein Weib. Aber sie hört mir gar nicht zu. Wenn sie sich etwas in den Kopf gesetzt hat, ist sie einfach nicht davon abzubringen, stur wie ein Esel ist sie dann. Wenn sie einen Kuchen backen will, backt sie eben einen Kuchen, auch wenn es keinen Zucker mehr gibt. Und dann wird sie wütend, wenn den Kuchen keiner isst. Ansonsten ist sie eine gute Frau, die weiß, was sie tut. Sauber ist sie und ordentlich, und obwohl sie von der Erziehung her eher eine feine Dame ist, bricht sie sich keinen Zacken aus der Krone, wenn sie mal körperlich arbeiten muss. Nachdem unsere Lastpferde konfisziert wurden, drehte sie ganz allein die Welle vom Brunnen, bis ihre Hände Blasen hatten, immer weiter und weiter, bis wir genug Wasser für den ganzen Tag hatten. Fließendes Wasser gibt es bereits seit Beginn des Krieges nicht mehr, oder sogar schon länger, seit der Zeit davor, als der Krieg noch nicht mehr war als ein Wort, das immer wieder fiel und schließlich so häufig wiederholt wurde, als gäbe es gar kein anderes mehr.

Der Bezirksvorsteher informierte uns darüber, dass es eine Wassersperre geben würde, also ließen wir alle Badewannen und Krüge mit Wasser volllaufen, als hätten wir damit schon genug für alle Zeiten. Und anschließend lebten wir von dem wenigen Regenwasser im Brunnen und beteten, dass nicht wieder eine Dürre käme, und als sie dennoch kam, tauschten wir vier ererbte Juwelen gegen eine einzige Ladung Wasser aus dem Tankwagen. Juwelen haben wir jetzt keine mehr, auch kein anderes Tauschobjekt, und das wenige Geld, das wir noch haben, reicht gerade mal für Milch und Kartoffeln. Die Erde wird unfruchtbar, wenn man sie nicht beackert, und so wird es im gesamten Tal bald schon nichts mehr zu beißen geben. Und deshalb ist es vielleicht nicht das Schlechteste, wenn sie uns jetzt hier herausholen und unsere Häuser abfackeln oder uns selbst unsere Häuser abfackeln lassen. Denn eines ist so gut wie sicher: Es wird uns besser gehen, wenn die Regierung uns versorgt, als wenn wir das selber versuchen, vor allem wenn man bedenkt, dass wir uns in dieser Einöde hier bald überhaupt nicht mehr werden ernähren können. Ein Mann, der seine Angehörigen nicht ernähren kann, wird immer kleiner und kleiner, bis es ihn schließlich gar nicht mehr gibt, und bevor es dazu kommt, akzeptiert man von ganz allein die Entscheidungen der Regierung. In der neuen Stadt werden sie uns schon sagen, womit wir uns unsere Brötchen verdienen können, denn laut dem Bezirksvorsteher haben sie sich Aufgaben und Jobs für uns ausgedacht, die unseren jeweiligen Begabungen entsprechen, damit keiner dem anderen zur Last fällt oder auf der faulen Haut liegt. Müßiggang ist schließlich aller Laster Anfang. Je länger wir da sind, desto wichtiger werden unsere Aufgaben sein. Zu Beginn sind es einfache Tätigkeiten, doch sie werden ausreichen, um uns beschäftigt zu halten, damit wir die allgemeinen, normalen und notwendigen Abläufe in der Stadt nicht stören. Angeblich werden Lärm oder Krawall nicht gerne gesehen, was mich zugegebenermaßen beruhigt, denn alles Gute auf dieser Erde beruht schließlich auf Recht und Ordnung. Alles andere bringt bloß Taugenichtse, Hühnerdiebe und Frechdachse hervor, und ehe man sichs versieht, hat man davon unter zehn oberflächlich anständig wirkenden Bürgern schon mal mindestens zwei. Und wenn sie uns bei einer Sache, die uns in der neuen Stadt erwartet, klare Ansagen gemacht haben, dann zu dem Thema, dass Extratouren oder Randale nicht geduldet werden und dass es Leute geben wird, die über uns wachen, damit alles mit rechten Dingen zugeht. Denn bei so vielen Menschen auf engstem Raum ist immer mal wieder ein Abweichler dabei, und der wirkt dann wie ein Splitter, den man sich einreißt, und viele Holzsplitter auf einmal brennen wie Zunder. Als alle noch ihre Äcker pflügten, gab es genügend Platz für jeden, doch wenn alle gezwungen sind, unbewaffnet auf engstem Raum zusammenzuleben, ist es immer noch bes-

ser, einer passt auf uns auf, als dass nachher alle die Zeche
für ein paar wenige zahlen müssen. Sie erzählt mir, sie könne sich das Leben dort einfach nicht vorstellen, und ich sage
ihr, jetzt sei nicht der Moment, sich über etwas Gedanken
zu machen, was bald schon eine vollendete Tatsache sein
wird. Dem Jungen, dem wir den Namen Julio gaben, haben
wir das mit dem Umzug erzählt, aber entweder interessiert
es ihn nicht, oder er hat es nicht richtig verstanden. Jedenfalls lächelt er einfach immer weiter, als hätte das alles
nicht das Geringste mit ihm zu tun. Er hat nicht lange genug
in dem Haus gelebt, um es als sein Zuhause zu betrachten.
Und er hat das Grundstück nicht gekannt, als es noch in voller Pracht und Blüte stand. Deshalb ist es wohl kein großer
Verlust für ihn. Er hat auch nie mit den Pferden gespielt
oder im Wald gejagt, also in Wirklichkeit kaum etwas von
dem mitbekommen, was es Gutes an unserem Haus und an
uns selbst gab, und so hat er auch keinen Vergleich für all
das, was jetzt kommen wird. Und seine Zukunft wird nicht
durch unsere Vergangenheit überschattet werden. Er muss
beim Umzug auch keinen Abschied von Freunden nehmen,
denn in den anderen Gehöften in der Nachbarschaft gibt es
keine Kinder mehr, auch nicht im Dorf. Die, die noch da waren, hat der Hunger oder die Grippe dahingerafft, die jungen Burschen sind alle im Krieg, und von den Männern sind
nur noch die Dorfältesten übrig, ein paar Zigeuner aus dem
Tal und jenseits des Waldes die Herren des Wassers. Das
sind Leute, die in den Dürreperioden das Wasser in ihren
Tanks zum Verkauf anbieten. Die Herren des Wassers sind
wichtige Leute. Man sieht sie nur bei Feierlichkeiten und
wagt kaum, sie anzusprechen, vor lauter Respekt. Oder vor
Angst, denn Angst haben wir alle vor ihnen. Ich zum Beispiel habe mit den Herren des Wassers in all den Jahren
kaum mehr geredet als Guten Tag und Gute Nacht. Meine

Frau dagegen hat sich ein kleines bisschen mit der Frau angefreundet, der Herrin des Wassers, wie sie genannt wird. Denn eigentlich gehört das Wasser nur ihr ganz allein, sie hat es von ihrem Vater geerbt. Sogar Tee haben sie einmal zusammen getrunken, drüben im Herrensitz, aber ihr Ehemann empfand allzu viel Umgang und Nähe mit den Nachbarn als unangenehm, und so betrat meine Frau die luxuriösen Gemächer der Herren des Wassers kein weiteres Mal. Unser Haus ist ein gutes Haus. Wir können wirklich nicht klagen, aber das von den Herren des Wassers ist ein richtiges Anwesen, es hat so viele Bedienstete, dass es, wenn die ganze Belegschaft für die Treibjagd ausgestattet wird, aussieht wie eine kleine Armee. Meine Frau hat mich gefragt, ob die Herren des Wassers ihr Haus wohl auch abfackeln müssen, und ich habe ihr gesagt, dass ich das nicht glaube, da so wichtige Leute bestimmt irgendeine Sonderbehandlung erhalten, trotz Krieg und Evakuierung. Und damit nicht genug: Im Dorf habe ich auf der Post sogar das Gerücht gehört, dass sie gar nicht umgesiedelt werden, und wenn doch, dann nicht zusammen mit allen anderen, sondern mit einer anderen Gruppe, die, weil sie so wichtig ist, an einen anderen, vermutlich besseren Ort gebracht werden wird. Aber auf dem Dorf wird immer viel geredet, und besonders über die Reichen sind so gut wie immer Gerüchte im Umlauf, meist aus purem Neid. Außerdem hat es überhaupt keinen Sinn, jetzt noch wilde Vermutungen anzustellen, denn bald schon werden all unsere Fragen beantwortet sein. Wenn wir erst in der Schlange stehen, werden wir schon sehen, wer mitkommt und wer nicht.

Die Aufgabe, das Haus abzufackeln, übernehme ich, denn ich will auf gar keinen Fall, dass sie dabei zu Schaden kommt. Ich werde es genauso machen, wie sie mir gesagt haben, und die dafür vorgesehenen Benzinkanister benutzen. Ich verstehe allerdings nicht, wie man so viel Benzin verschwenden kann, wo doch fast überall Knappheit herrscht, schließlich könnte ich das Haus auch mit ein bisschen Alkohol, Kartons und Wolle abbrennen. Aber die Anweisungen kamen im versiegelten Umschlag, und Anweisungen, die in versiegelten Umschlägen kommen, führt man besser widerspruchslos und ohne Verbesserungsvorschläge anzubringen aus, denn Eigeninitiative erscheint meistens nur verdächtig. Besonders im Krieg, wenn der Feind jede Möglichkeit nutzt, um die Moral zu schwächen.

Dass ich so gut auf sie aufpasse, ist nichts Neues, das habe ich schon immer getan, schon in meiner Zeit als Vorarbeiter hier auf dem Gut, aber auch später, als sie mich nach dem Tod ihres Mannes selber zum Gutsherren machte. Auch über unsere Liebe kursieren im Dorf die wildesten Gerüchte. Aber es ist schlichtweg gelogen, dass ich meiner jetzigen Frau schon zu Lebzeiten des verblichenen Besitzers lüsterne Blicke zugeworfen hätte. Nicht etwa meinem Ehrgeiz verdanke ich meinen Aufstieg, sondern ganz allein ihrer Liebe. Mich wählte sie aus, um den Namen des Hauses fortzuführen. Sie hielt mir Vorträge und gab mir geduldig Unterricht, bis ich nicht mehr der war, der ich einmal gewesen war, und zu dem wurde, der ich jetzt bin. Unseren Kindern hat sie nie erzählt, wie es früher einmal war, sie hat ihnen nie gesagt, dass ich auf diesem Gut selbst als Arbeiter beschäftigt war, bevor ich den anderen ihre Löhne zahlen durfte. Sie haben in der Schule davon gehört, und falls es sie verletzt haben sollte, so haben sie es uns nicht erzählt, denn wir haben sie dazu erzogen, schweigsam, stark und aufrecht zu sein. Und deshalb sind sie jetzt so gute Soldaten. Als Beweis dafür tragen sie ihre Medaillen, drei am Revers des einen und zwei am Revers des anderen. Und zwar Tapferkeitsmedaillen, nicht etwa Medaillen für kleine Gefälligkeiten oder Verdienste im Büro oder so was, nein, echte Soldatenmedaillen sind das. Wenn wir denken, dass sie tot sind – und das denken wir fast pausenlos –, dann nimmt uns der Gedanke an ihre Medaillen weder den Schmerz noch unsere Angst. Aber man merkt sehr wohl, dass der Stoff des feinen Anzugs, den jeder Vater trägt, der seine Kinder von Weitem betrachtet, bei solchen Auszeichnungen schon ein wenig zu spannen beginnt und dass man vor Stolz schier zu bersten droht, auch wenn man sie noch so gerne gesund und munter um sich hätte.

Wenn ich das Haus abfackele, darf sie das auf keinen Fall sehen. Deshalb habe ich zu ihr gesagt, sie soll am Busbahnhof auf mich warten, denn dort, so hat man uns erklärt, versammeln sich alle Frauen aus dem Dorf, während wir Männer alles in Schutt und Asche legen, damit der Feind keinen Nutzen daraus ziehen kann. So steht es in dem versiegelten Brief, den uns der Bezirksvorsteher überreicht hat, und genauso machen wir das auch, denn bei Regierungsangelegenheiten sollte man die Dinge nicht verzögern oder irgendwelche Dummheiten anstellen. Die Befindlichkeiten jedes Einzelnen spielen keine Rolle. Das Jammern überlassen wir den Kindern. Hier sind Entschlossenheit, Mut und Strategie gefragt. Der Bezirksvorsteher hat uns das alles ausführlichst erklärt, damit sich auch ja keine Fehler einschleichen oder Missverständnisse aufkommen. Und dann hat er seine Stimme gesenkt und uns anvertraut – wie jemand, der sich in aller Freundschaft und Vertraulichkeit nur dieses eine, nur dieses einzige Mal über seine eigenen, überaus strengen Vorgaben hinwegsetzt –, dass der Gehorsam und die Bereitschaft jedes Einzelnen für den Plan der Regierung von allergrößter Bedeutung sei. Wenn wir uns jetzt in die Reihe stellten, hieße das nicht, dass wir klein beigäben, denn der endgültige Sieg hinge vor allem von unserer Beharrlichkeit und unserer Ausdauer ab. Genauso lauteten sie, die Worte des Bezirksvorstehers, und wenn das jetzt vielleicht ein bisschen nach Propaganda klingt, dann liegt die Schuld daran gewiss nicht bei ihm, sondern bei all jenen, die ihm beigebracht haben, so zu reden, wie er eben redet. Vor dem jetzigen Bezirksvorsteher hatten wir übrigens einen anderen, und der hat genauso geredet. Aber er ist der Verleumdungen zum Opfer gefallen und wurde ermordet. Wenn man als Bezirksvorsteher also alle Regierungsanweisungen exakt im Wortlaut wiedergibt, dann heißt das noch gar nichts. Denn sobald sich hier erst einmal die Gerüchte um einen ranken, ist man rettungslos verloren. Meine Frau war es, die mir beigebracht hat, allem zu misstrauen, was sie uns sagen. Ich war in meinem früheren Leben ja eher ein Mann der Tat und konnte mit Worten nicht viel anfangen. Und sie war es auch, die mir beibrachte, widerspruchslos zu gehorchen, auch wenn ich Zweifel hatte. Das eine musste man getrennt von dem anderen betrachten. Sie hat es mir so erklärt: Man gehorcht, weil es einem nutzt, und man zweifelt, weil man selber denkt. Und während das eine das Überleben des Körpers sicherstellt, rettet das andere anscheinend die Seele. Aus genau diesem Grund hat sie mich auch davon überzeugt, unsere kleine Komödie weiterzuspielen und keinem etwas von unserem Jungen zu erzählen, von Julio. Weder das, was wir wissen, noch das, was wir uns über ihn ausmalen. Stattdessen widmen wir uns voller Enthusiasmus der Lüge, die wir errichtet haben, unserer kleinen Geschichte, wie sie es gerne nennt.

Sie meint nämlich, nur die Geschichte zählt und nicht etwa die Realität, die dahintersteht. Da sie wesentlich intelligenter ist als ich, höre ich immer auf sie. Ich zweifele und gehorche also nicht, sondern ich handele aus voller Überzeugung. Den Jungen seinem Schicksal zu überlassen, das wäre für uns nicht der Wille Gottes. Und wie wir alle wissen, ist es in den Augen unseres Schöpfers gut und gerecht, für ein schutzloses Wesen zu sorgen. Egal ob es einen Namen hat oder nicht. Unseren Herzen kann es gewiss nicht schaden.

Heute Abend hat sie sich mit ihrem Koffer auf den Weg ins Dorf gemacht. Das sind zu Fuß fast zwei Stunden, aber sie ist kräftig gebaut und hat einen flotten Gang, sodass man Mühe hätte, Schritt mit ihr zu halten. Den Jungen hat sie bei mir gelassen, darum habe ich sie gebeten. Ich glaube nämlich, das brennende Haus wird in der Abenddämmerung ein fantastisches Feuer abgeben. Und Kinder geraten bei Feuer immer total aus dem Häuschen.

Der Bursche hat mir mit den Benzinkanistern geholfen. Wir haben in jeden Raum Benzin geschüttet, und zum Abschluss haben wir auch das Fundament sorgfältig getränkt. Das Feuerzeug habe ich ihn allerdings nicht anzünden lassen. Ich will schließlich keinen Pyromanen aus ihm machen. Und ich will natürlich auch nicht, dass er allzu viel Spaß an etwas findet, was immerhin das Ende von allem bedeutet, was wir einmal waren und hatten. Möge es der Strategie der Übergangsregierung auch noch so förderlich sein.

Als ich unser Haus brennen sah, trat schnell so etwas wie Überraschung an die Stelle der Trauer, die ich eigentlich erwartet hatte. Denn alles ist dermaßen schnell abgebrannt, dass man den Eindruck bekam, es bestünde aus Zahnstochern und nicht etwa aus massivem Holz. Und plötzlich, noch während der Junge und ich uns vor lauter Hitze und Funken die Augen rieben, war es weg.

Ich nehme mal an, auf diese Weise endet alles.

Am Busbahnhof war die Hölle los, und als ich schließlich mit dem Jungen dort eintraf, brauchten wir eine ganze Weile, bis wir unter all den immer gleichen traurigen Gesichtern in der Masse der Menschen meine Frau wiedergefunden hatten. Was haben wir uns gefreut, als wir alle drei wieder vereint waren! Als wäre eine Ewigkeit vergangen, seit wir uns zuletzt gesehen hatten, dabei waren es doch bloß ein paar Stunden. Es war schon sehr spät, und die Busse waren noch immer nicht da, aber der Bezirksvorsteher meinte, erst müssten sich alle in Reih und Glied stellen, die Namen müssten überprüft und die Koffer zugeordnet werden. Bei der ersten Zählung waren es dreißig Leute zu viel, doch es waren alles Zigeuner, und die sind schnell fortgeschafft worden, was nicht ohne lautes Geschrei abging, denn Zigeuner sind vorlaute Leute, die schon beim kleinsten Anlass jammern und zetern, als würde ihnen bei lebendigem Leibe die Haut abgezogen. Es war vollkommen klar, und genauso war es auch schriftlich und über Megafon mitgeteilt worden: Die Zigeuner würden nicht wie alle anderen in die Durchsichtige Stadt gebracht. Wozu also der ganze Radau? Am Ende wurden sie alle aussortiert und mussten trotz des ganzen Geschreis und Gezeters doch wieder in ihr Tal zurückkehren. Ich persönlich hatte zu Zigeunern noch nie ein Verhältnis, weder ein gutes noch ein schlechtes. Wenn sie in die Nähe der Ställe kamen, zu den Hühnern oder in den Gemüsegarten, habe ich mir mein Gewehr umgehängt, und dann war Ruhe. Der Zigeuner, der vor einem

Gewehr keinen Respekt hat, müsste erst noch geboren werden. Als sie weg waren, wurde noch einmal durchgezählt, und bei dieser zweiten Zählung waren dann nur noch zwei Personen übrig, und das waren keine Zigeuner, sondern Ausländer. Erst wurden sie höflich herausgebeten, dann wurden ihre Koffer konfisziert. Was mit ihnen geschieht, wurde nicht gesagt, aber es ist anzunehmen, dass man sie auf direktem Weg in die Gefangenenlager schickte. Anscheinend kannte sie keiner, oder jedenfalls taten alle so. Ich brauchte nicht zu lügen, denn ich hatte sie noch nie gesehen. Ein junges Paar, Deserteure wahrscheinlich, zumindest er, denn wäre er von hier, wäre er in dem Alter im Krieg, genau wie unsere Söhne. Julio ist bis jetzt nicht aufgefallen, offensichtlich wird er zur Familie gezählt. Wir sind von hier, genießen ein gewisses Ansehen, und unsere beiden Söhne sind vielleicht keine Helden, aber immerhin doch Soldaten. Ich schicke Stoßgebete zum Himmel, dass alles gut gehen möge, und muss schlucken.

Vom Rest der Schlange ist keiner mehr aussortiert worden, obwohl sie einigen Leuten jede Menge Zeug abgenommen haben, aber, mal ehrlich, in dem Schreiben der Regierung stand, dass pro Person nur je ein kleiner Koffer erlaubt ist, und da gab es welche, die außer dem Ehebett und der Standuhr so gut wie alles mitnehmen wollten. Ich meine sogar gesehen zu haben, wie sie ein Cello abtransportierten, und man muss schon ganz schön verrückt sein, um ein Cello in einem Bus mit lauter Evakuierten mitzunehmen. Das ist hier schließlich keine Tournee.

Als wir an der Reihe waren, haben wir die Papiere vorgezeigt, aber der Bezirksvorsteher kannte uns gut, und so gab es außer dem Jungen kein Problem. Aber darauf waren wir ja vorbereitet. Das Reden habe ich ihr überlassen, denn sie ist immerhin eine feine Dame und hat so sehr von oben herab mit ihm gesprochen, dass der Bezirksvorsteher das Haupt senkte und unserem falschen Neffen zärtlich und mitleidig übers Haar strich, während sie ihm erzählte, dass der Junge seit Kurzem Waise wäre, er stünde noch unter Schock und spräche vor lauter Kummer kein Wort. Der Bursche hat wirklich sehr gut mitgespielt und so eine traurige Miene aufgesetzt, dass er bestimmt einen Preis oder so bekommen hätte, wenn er Schauspieler gewesen wäre. Meine Hände schwitzten, bis der Bezirksvorsteher den offiziellen Stempel auf die Papiere gedrückt hatte und endlich die nächsten an der Reihe waren. Während er sich mit uns unterhielt und sich nach dem Jungen erkundigte, habe ich Flüstern gehört, aber so gut kennen uns die Leute dann auch wieder nicht, dass sie unsere Angelegenheiten durchschauten. Ins Dorf sind wir nur zu den Feiertagen gegangen, und die größeren Einkäufe habe ich immer in der Stadt erledigt, mit dem Wagen. Neid hat es schon immer gegeben, das weiß ich, und das war auch kein Wunder, denn unser Haus war gleich nach dem der Herren des Wassers das Zweitgrößte in der Gegend. Übrigens, die Herren des Wassers standen nicht in der Schlange am Busbahnhof, genau wie ich zu ihr gesagt hatte, und aus unerklärlichen Gründen freute es mich ein bisschen, dass ich recht behalten hatte. Glücklicherweise brüstete ich mich damit nicht vor ihr, sonst hätte ich womöglich dagestanden wie ein Volltrottel, denn als die Reihen durchgezählt waren, kamen die Herren des Wassers dann doch noch im Wagen vorgefahren, mit Chauffeur. Es war nicht ihr eigener Wagen, sondern ein Regierungsfahrzeug, mit offiziellem Kennzeichen und Standarte. Ich war dermaßen überrascht, sie zu sehen, dass ich meine Frau am Ärmel zupfte, denn der Bezirksvorsteher hatte uns gebeten beziehungsweise befohlen, den Mund zu halten. Sie beruhigte mich, indem sie meine Hand drückte, als wollte sie mir zu verstehen geben, dass sie ab jetzt rein gar nichts mehr überraschen könnte.

Die Herren des Wassers stiegen nicht aus, ehe alles so weit war, auch ihre Papiere mussten sie dem Bezirksvorsteher nicht vorzeigen, und als die Busse endlich kamen, stiegen sie als Erste von unserer Reihe in den vorderen ein, während wir anderen alle geduldig warteten. Erst als sie eingestiegen waren, wurden wir dann aufgefordert, nacheinander ebenfalls einzusteigen. Als sie und ich endlich im Bus waren, hat es mich irgendwie doch beruhigt, sie dort zu sehen, und dann haben wir uns grußlos so schnell wie möglich auf unsere Plätze verdrückt, allerdings wesentlich weiter hinten, fast auf der letzten Bank. Der Bezirksvorsteher zählte nacheinander in allen drei Bussen noch einmal die Passagiere durch, dann beglückwünschte er uns dazu, dass wir alle so diszipliniert gewesen waren und ermunterte uns, ein bisschen zu entspannen und uns zu unterhalten, denn die Reise würde lang werden.

Den Jungen nahmen wir zwischen uns, sodass wir zu dritt nur zwei Plätze belegten. Die Koffer verstauten wir in der Ablage über unseren Köpfen, es waren vorschriftsgemäß nur recht kleine Koffer. Als der Bus anfuhr, küsste sie den Jungen auf die Stirn und mich auf den Mund. Obwohl wir jetzt wieder reden durften, fiel mir nichts ein, was ich hätte sagen können.

Wir fuhren auf der Straße in Richtung Stadt, und als wir an unserem Hügel vorbeikamen, sah ich Rauch über unserem Haus aufsteigen, aber auf der anderen Seite des Waldes war kein Rauch oder so etwas zu sehen. Der Landsitz der Herren des Wassers war nicht niedergebrannt worden, zumindest damit hatte ich recht behalten. Kaum hatten wir das Tal verlassen, fuhren wir von der Hauptstraße ab, weiter auf der alten Landstraße, auf der wir den See hinter uns ließen und den Berg passierten, hinunter bis fast an die Grenze zur Nachbarregion. Als wir durch das nächstgelegene Dorf kamen, sahen wir, dass es verlassen war, wahrscheinlich war es noch vor unserem evakuiert worden. So war es auch bei allen anderen Ortschaften. Ich hatte das Gefühl, dass sie erst vor Kurzem geräumt worden waren, denn überall lagen noch Sachen auf der Straße, Möbel, Kleidung, offene Koffer, in manchen Fenstern brannte sogar noch Licht, wahrscheinlich, weil vergessen worden war, es zu löschen, denn es hielt sich niemand mehr dort auf. Und so zogen die Dörfer wie namenlose Gespenster ans uns vorüber, bis wir am Ende so weit weg waren, dass ich nichts mehr wiedererkannte. Der Junge war eingeschlafen, und die Gespräche im Bus waren leiser geworden und schließlich ganz verstummt, bis nur noch lautes Schnarchen zu hören war. Sie war wach und sah zerstreut aus dem Fenster, schwer zu sagen, an was sie dachte, und als ich sie danach fragte, antwortete sie nur, an nichts, am ehesten vielleicht daran, wie es wohl in der Durchsichtigen Stadt wäre, ob sie ganz aus Glas beschaffen wäre oder aus einem anderen Material und ob wir auch alle genügend Platz fänden und ob es dort eine Schule gäbe oder wenigstens andere Kinder. Aber das mit der Schule beschäftigte sie nur am Rande, denn sie selbst würde dem Jungen schon alles beibringen können, was man wissen muss. Da hatte sie durchaus recht, denn bevor sie mich zum Hausherrn machte und heiratete, hatte auch ich keine Ahnung von Salden und Lieferscheinen, von Warenwechseln oder anderen weltlichen Dingen, kurz gesagt, außer hart arbeiten konnte ich gerade mal flüssig lesen und schreiben. Ich konnte Dinge zwar tun, aber nicht über sie nachdenken, und so war sie es, die mir mit ihren Büchern langsam, aber sicher beibrachte, mich an Dinge zu erinnern und sie mir vorzustellen oder mir Ideen, die mir kamen, klarzumachen, manchmal sogar Gefühle, die ich bereits zuvor gehabt hatte, ohne sie wirklich zu erfassen. Mit ihrer Hilfe lernte ich schnell, und das, obwohl ich mich nie für besonders brillant gehalten hatte, weil ich das meiner Meinung nach auch wirklich nicht war. Bei unseren Söhnen, die schon wegen ihrer Blutsverwandtschaft mit meiner Frau von Natur aus intelligenter waren als ich, leistete sie noch bessere Arbeit als bei mir, und so redeten die beiden, dass es eine Freude war zuzuhören. Mir, der ich noch nie jemand Wichtigem begegnet war, kam es vor, als hörte ich Prinzen sprechen. Julio, unser neuer Junge, macht einen sehr intelligenten Eindruck, auch wenn er noch immer kein Wort sagt, und so hatte ich nicht den geringsten Zweifel daran, dass sie einen anständigen, wohlerzogenen jungen Mann aus ihm machen würde. Wenn er weiterhin stumm bliebe, würde er natürlich Probleme bekommen. Andererseits, solange da draußen Krieg herrschte, vielleicht auch ein bisschen weniger als der eine oder andere, der allzu viel quatschte.

Als ich sah, dass sie müde war, stellte ich keine weiteren Fragen und schloss selbst ein wenig die Augen, für wie lange, weiß ich nicht, und im Traum ging ich mit meinen echten Kindern auf die Jagd, und wir erlegten ein Wildschwein und ein Kaninchen, und während ich im Traum gerade dabei war, das Wild auszulösen, weckte mich der Lärm von Flugzeugen. Erst kommt das Brummen der Flugzeuge, dann kommt das pfeifende Geräusch der Bomben, deshalb gewöhnt man sich schnell daran, plötzlich aus einem Traum gerissen zu werden und sofort hellwach zu sein, wie wenn die Kinder mitten in der Nacht anfangen zu schreien. Nach dem Pfeifen der Bomben spricht man so rasch wie möglich alle Gebete, die man kennt, so wie nach einem Blitz, wenn man ängstlich auf den anschließenden Donner wartet. Es fielen genau drei Bomben. Zwei davon gingen ins Leere und rissen hundert Meter neben der Straße zwei große Krater. Die dritte traf den mittleren Bus. Unser Busfahrer bremste, aber der Herr des Wassers stand auf und gab ihm die klare Anweisung weiterzufahren. Und der Busfahrer gehorchte. Ich weiß nicht, ob der Herr des Wassers hier drin überhaupt noch etwas zu melden hat, aber manche Leute haben vom vielen Befehlen einfach eine Stimme, der man gehorcht. Der Bezirksvorsteher sitzt nicht mit uns im Bus, und ich weiß nicht, ob er vielleicht im zweiten Bus war, dem, den die Bombe zerfetzt hat, oder im dritten, ich weiß nicht einmal, ob er überhaupt mit uns fährt oder im Dorf geblieben ist.

Wir sind jedenfalls weitergefahren, und die Flugzeuge haben sich verzogen, und was mit den Leuten passiert ist, die in dem Bus saßen, den es erwischt hat, wissen wir nicht, auch wenn sie wahrscheinlich alle tot sind. Sie hat sich so fest an mich geklammert, dass ich sicher blaue Flecken haben werde, aber der gute Julio ist nicht mal aufgewacht, und darüber mussten wir lachen, dass der Junge da einfach so weiterschläft, obwohl es Bomben hagelt, aber wahrscheinlich sind wir einfach froh, alle drei noch am Leben zu sein und in diesem Bus zu sitzen und nicht in dem anderen. Eine ganze Weile haben wir uns nicht umgedreht, um keine Toten sehen zu müssen oder womöglich sogar Verletzte, die sich selbst überlassen und dem Tod geweiht waren.

Als wir uns am Ende dann doch umgedreht haben, war von alldem schon nichts mehr zu sehen, und die beiden übrigen Busse haben ihre Reise durch die Nacht fortgesetzt. Der Fahrer hat die Scheinwerfer ausgeschaltet und fährt ziemlich langsam, obwohl der Mond tief steht und insgesamt gute Sichtverhältnisse herrschen. Und vermutlich kann man uns deshalb trotzdem sehen. Ein bisschen später lässt sich bereits die erste Morgendämmerung erahnen, und die Scheinwerfer hätten jetzt sowieso keine besondere Wirkung mehr gehabt, und es gibt auch keine trügerische Dunkelheit mehr, in der man sich irgendwie verstecken könnte. Solange wie die Reise schon dauert, kommt es mir vor, als wären wir nahe an der Grenze. Allerdings ist es bei der schlechten Nachrichtenlage in Bezug auf den Krieg schwer zu sagen, ob die Grenze noch dieselbe ist und wie viel Land noch uns gehört und wie viel dem Feind. Im Krieg kommt es oft vor, dass Landkarten nur für ein paar Tage gültig sind, wegen der ganzen Truppenverschiebungen hierhin und dorthin. Die klar gezogenen Linien verblassen mit der Zeit, und deins und meins, das eine und das andere, wird plötzlich von den Füßen der Soldaten markiert. So wenig, wie ich vom Land kenne, und so schlecht, wie ich im Geografieunterricht immer aufgepasst habe, fällt es mir schwer zu sagen, wo genau wir gerade sind, aber ein bisschen seltsam finde ich es schon, dass sich die Durchsichtige Stadt, egal ob sie nun aus Glas oder was auch immer errichtet wurde, so unmittelbar in der Nähe von früherem Feindesland befinden soll. Aber möglich wäre natürlich auch, dass wir trotz der Umsiedlungen und der herrschenden Not den Krieg am Ende doch gewinnen und mehr Land erobern, als wir an den Feind verlieren. Im Bus wird nun gefrühstückt, denn für den ersten Tag hat jeder etwas von zu Hause mitgebracht, kein Brot zwar – Brot gibt es ja schon lange nicht mehr, seit der Bäcker des Vaterlandsverrats bezichtigt wurde –, aber doch immerhin ein bisschen Dörrfleisch und den einen oder anderen getrockneten Hering. Wasser haben wir reichlich, denn der Herr des Wassers hat sich einen ordentlichen Krug mit sechs Litern mitgebracht, und ich vermute, dies ist einer der Gründe, warum seine Ansagen noch immer Wirkung zeigen und genauestens befolgt werden. Ohne Zweifel ist er die höchste Autorität im Bus, und zwar, weil er das Wasser verteilt. Und da er dem Busfahrer als Erstes zu trinken gegeben hat, kann man sagen, dass er ihn ordentlich bezahlt und damit sozusagen gekauft hat. Als zweithöchste Autorität, denn als solche tritt er auf, seit er seinen Durst gestillt hat, gibt uns der Busfahrer über die Lautsprecheranlage zu verstehen, dass wir auf keinen Fall mehr trinken sollen als die Tasse, die uns gereicht wird, denn die Reise sei noch lang, und es sei noch weit bis ans Ziel. Und daran haben wir uns auch gehalten. Selbstverständlich hat der Herr des Wassers den Krug nicht selbst durch die Reihen gehen lassen, das hat der Mann übernommen, der unmittelbar hinter ihm saß und der durch diese glückliche Fügung plötzlich eine wichtige Aufgabe hatte, der er mit der Strenge eines Generals nachkam, der über seine Truppen wacht. Wenn einer um mehr Wasser bat, hob er die Hand wie zum Schlag. Er sprach also eine Sprache, die jeder sofort versteht. Als die winzige Wasserration verteilt war, haben die Leute sich einen guten Morgen gewünscht und angefangen, sich miteinander zu unterhalten, und wie alle so durcheinanderredeten, verstand man sein eigenes Wort nicht mehr, und plötzlich hörte sich das Stimmengewirr im Bus fast genauso an wie das Stimmengewirr im Dorf. Wie es eben so klingt, wenn viele Leute zusammenkommen. Julio hatte nach dem Aufwachen Hunger, und wir haben ihm eine ganze Dose Thunfisch überlassen und unser letztes Stück Speck. Zum Dank hat er uns beiden einen Kuss gegeben. Ihr hatte er schon vorher mal einen Kuss gegeben, aber bei mir war es das erste Mal. Ein Gefühl der Liebe bemächtigte sich meiner und der unbändige Wunsch, für ihn zu sorgen.

Bis Mittag gab es keine weiteren Fliegerangriffe oder Ähnliches. Aber durch die Fenster haben wir jede Menge verbrannte Erde gesehen, mehr als genug für eine Welt, und so viele Bombenkrater und so viele mit einem Gewehr markierte Soldatengräber, dass wir hätten schwören können, wir selbst wären die letzten Überlebenden in diesem Krieg. Die Landschaft ähnelt zwar Orten, die wir kennen, aber hier waren wir mit Bestimmtheit noch nie. Ich bin zwar nicht viel gereist, aber ich kann mir gut vorstellen, dass die ganze Erde, vom einen bis zum anderen Ende, ziemlich gleich aussieht oder doch zumindest sehr ähnlich. Aus den Büchern, die sie mir in der Zeit, in der sie versuchte, mich zu erziehen, zu lesen gab, habe ich abgeleitet, dass es nirgendwo auf der Welt große Unterschiede gibt und dass die Leute genau aus diesem Grund unterschiedliche Farben tragen und andere Schlaflieder singen, um wenigstens für einen Augenblick davon träumen zu können, dass sie ein kleines bisschen anders sind.

Wir bekamen langsam Hunger und Durst, da der Krug mit dem Wasser schon vor einer Weile an seinen angestammten Ort zurückgekehrt war, direkt zwischen die Beine des Herren des Wassers, als plötzlich, mit einem Geräusch wie ein Gewehrschuss, ein Reifen platzte. Anfangs dachte ich, es wäre ein erneuter Angriff, aber sofort darauf begann der Bus zu schlingern, und der Busfahrer rief: Reifenpanne! Als der Herr des Wassers ihn um eine Erklärung bat, ließ uns der Busfahrer, nicht ohne zuvor die Geschwindigkeit reduziert und das Fahrzeug zum Halten gebracht zu haben, über das Megafon wissen, was passiert war, ganz klipp und klar. Meine Damen und Herren, sagte er in aller Ruhe, wir haben eine Reifenpanne, und in Anbetracht der Tatsache, dass ich keinen Ersatzreifen mitführe, müssen wir die Reise ab jetzt zu Fuß fortsetzen.

Der Herr des Wassers, der sich inzwischen definitiv zum Chefkommandanten der Expedition aufgeschwungen hatte, verlangte noch deutlich mehr Auskünfte von unserem Fahrer und schlug vor, die Räder von vorne nach hinten zu tauschen, aber der antwortete ihm nur, dass wir, falls es noch niemandem aufgefallen war, nicht in einem Bus mit achtzehn Rädern unterwegs seien, ja, nicht mal in einem mit zehn oder acht, sondern in einem ganz gewöhnlichen alten Bus mit vier Rädern, und da sei ohne Ersatzrad einfach nichts zu machen. Da wäre man als Mensch mit seinen zwei Beinen besser dran als so ein alter Bus mit nur drei Rädern. Nachdem er diese Erklärung einmal akzeptiert hatte, was nicht ohne Nachdruck vonstattenging, forderte der Herr des Wassers uns höflich auf, den Bus geordnet zu verlassen und auf Hilfe zu warten, die uns mit dem letzten Bus unseres kleinen Konvois ganz sicher erreichen werde. Noch während er das sagte, fuhr der dritte Bus beziehungsweise der zweite, nachdem auf den mittleren ja eine Bombe gefallen war, an uns vorbei und ließ uns einfach so in der Pampa stehen. Was dazu führte, dass der Herr des Wassers seine Autorität zwar nicht ernsthaft infrage gestellt, aber doch ein wenig angekratzt sah. Noch immer hatte er die Verfügungsgewalt über den Krug mit dem restlichen Wasser, der unter den gegebenen Umständen das gesamte Wasser für alle enthielt, und keiner wagte es, seine Macht infrage zu stellen, auch wenn sich unter den Abweichlern, die es in jeder Gruppe zwangsläufig gibt, immer mehr Unmut zu regen begann. Jedenfalls, Hoffnung hin oder her, wir alle stiegen aus dem Bus, was sollten wir schließlich noch darin, jetzt, wo er nicht mehr fuhr. Wir verließen ihn in derselben Reihenfolge, in der wir auch eingestiegen waren, sie zuerst, die auf uns alle aufpasst, dann der Junge, der uns so wichtig ist, und zum Schluss ich, der nur dabei ist für den Fall, dass irgendwas schiefläuft. Als wir wieder Boden unter den Füßen hatten, bildeten sich sogleich neue Gruppen, und neue

Pläne wurden geschmiedet. Die einen wollten zurückkehren, die anderen die Reise fortsetzen und auf eigene Faust nach der Durchsichtigen Stadt suchen, ohne zu wissen, wo sich diese befand, und ein paar wenige unter uns setzten sich hin, um auf neue Anweisungen zu warten, wobei nicht ganz klar war, wer diese Anweisungen eigentlich geben sollte. Der Herr des Wassers, der immer am meisten Autorität ausstrahlte, und sei es auch nur, weil er an den Umgang mit Macht gewöhnt war, stärkte dem Fahrer den Rücken und sinnierte laut darüber – und ich glaube, das war gar kein dummer Gedanke –, dass der Fahrer des Busses den Weg eigentlich auch kennen müsste, wenn wir nicht mit dem Bus, sondern zu Fuß unterwegs waren. Als Erstes müsste man natürlich wissen, wie weit der Weg bis zu unserem neuen Zuhause noch wäre, denn Wasser gab es gerade mal genug für einen Tag, und das auch nur, wenn wir weniger Wasser als ein Kamel verbrauchten. Danach würden wir unweigerlich verdursten, es sei denn, jemand hätte genaue Informationen über die Lage eines Brunnens oder die Seen und Flüsse in dieser Region. Und da entwickelte sich auch schon der erste Streit, denn der Busfahrer meinte, bis zur Durchsichtigen Stadt wären es zu Fuß mindestens zwei Tagesreisen, und das auch nur gemessen an unseren besten Wanderern, und Wasser gab es nur für einen Tag, wenn wir alle zusammen marschierten, oder eben für zwei, wenn nur die schnellsten Marschierer unter uns Wasser bekämen.

Uns in zwei Gruppen aufzuteilen, war eine kniffelige Angelegenheit, schließlich hatten wir alle eigentlich dieselben Rechte. Und so mussten wir schließlich doch ein Ende mit Gewalt herbeiführen. Wenn alle anderen Argumente versagen, bleibt zuletzt eben bloß noch die Gewalt. Also teilten wir uns einfach alle ohne Unterschied in zwei Gruppen ein, und es fiel mir ziemlich leicht, in meiner Gruppe die Führung zu übernehmen, denn von der ganzen landwirtschaftlichen Arbeit waren meine Arme, noch bevor ich lesen gelernt hatte, so kräftig geworden wie anderer Leute Oberschenkel. Während wir noch diskutierten, verhielt meine Frau sich still und wich mir nicht von der Seite, wobei sie den Jungen unter ihrem Rock versteckte, denn ihr war klar, dass nur der Tod uns jetzt noch scheiden würde. Wie immer, wenn man versucht, zwei Gruppen zu bilden, standen hinter dem Autobus sehr schnell vier davon. Unter den Männern gab es ein paar, die stärker waren als ich, die Aufgabe aber scheuten. Und es gab ein paar, die zwar edler waren als ich, aber ein bisschen mehr Leute haben wollten, als ihnen guttat. Ich dagegen würde in Wirklichkeit bloß auf zwei Personen aufpassen. Dies allerdings, falls nötig, unter Einsatz meines Lebens. Und das stellte ich auch sofort klar, als man versuchte, mich herumzuschubsen. Sie sollten begreifen, dass es fast unmöglich war, mich zu besiegen, wenn ich nüchtern und entschlossen war. Die vier Gruppen entstanden sozusagen wie von selbst, und als wir da so still und entzweit in der Gegend herumstanden, bekamen wir wohl am Ende alle ein bisschen Angst, dass wir uns gegenseitig etwas antun könnten. Denn ein grimmiges Gesicht aufzusetzen ist etwas völlig anderes, als sich wirklich zu prügeln. Und so machte es sich der Herr des Wassers zur Aufgabe zu entscheiden, wer ihn begleiten würde. Der Mann, der im Bus den Wasserkrug herumgereicht hatte, schloss sich ihm an. Er hatte wohl Gefallen an dem kleinen bisschen Macht und dem Wasser gefunden, und auch der Busfahrer zögerte nicht einen Augenblick. Für ihn war klar, dass es besser war, einen Herren zu haben, als vogelfrei zu sein. Zwei Männer aus dem Dorf, die am Staudamm gearbeitet hatten und für die Baumstämme so leicht waren wie für andere Federn, so viele hatten sie davon schon geschleppt, um die

Wasserbecken zu sichern, schlossen nun die Reihen dieser Gruppe, und um ein Haar wären wir nicht mehr in die Gewinnergruppe gekommen, wäre der Herr des Wassers nicht doch von meiner kleinen Auseinandersetzung mit den Schwächeren, den Übeltätern, beeindruckt gewesen und hätte seine Frau nicht so gute Erinnerungen an die Teestunden mit meiner Frau gehabt.

Denn sie war es, die ihrem Ehemann unsere Namen ins Ohr flüsterte, während sie mit dem Finger auf uns zeigte, uns, die letzten Auserwählten.

Die beiden noch, dann machen wir uns auf den Weg.

Aber wir sind zu dritt, sagte meine Frau.

Dann eben alle drei. Los jetzt, beschloss die Herrin des Wassers, denn schließlich gehörte ihr das ganze Wasser im wichtigsten Stausee des Tals ebenso wie das wenige, was sich noch in dem Wasserkrug befand, das Wasser, das sie von ihrem Vater geerbt hatte. Das Wasser, das ihr gehörte, und zwar ihr ganz allein.

Der Herr des Wassers war nicht viel anders als ich selbst, er hatte eine gute Partie gemacht. Nur dass er seine Klappe, wo ich die meine aus einem gewissen Schamgefühl heraus meistens hielt, besonders weit aufriss. Und weil er immer so große Töne spuckte, hatte man den Eindruck, dass alles ihm gehörte, dabei wussten wir genau, dass dem gar nicht so war. Ich hatte eigentlich keine eindeutige Meinung über ihn und lief ihm vor allem hinterher, weil der Busfahrer den Weg kannte und neben ihm ging, aber Treue oder so etwas habe ich ihm nie geschworen. Ich schuldete ihm ja nichts. Als unsere Gruppe stand, brauchten wir nicht mal durchzuzählen, wir waren nämlich bloß zu acht, plus der Junge, Julio. Die Herrin und der Herr des Wassers, der Busfahrer, der Krugträger, die beiden Arbeiter vom Staudamm,

| 53

meine Frau und ich. Meine Frau und die Herrin des Wassers gingen Arm in Arm, was mir und dem Jungen eine gewisse Sonderstellung verlieh, weil wir mit ihnen sozusagen verwandt waren, auch wenn wir uns ein bisschen weiter zurückfallen ließen. Die Koffer waren im Bus geblieben. Nach dem ganzen Hin und Her beim Packen, dem ganzen Sortieren und Auswählen, wären sie am Ende auf der Wanderung dann doch bloß eine zusätzliche Last gewesen. Schließlich hatte uns der Bezirksvorsteher kurz vor unserer Abfahrt versichert, dass wir in der Durchsichtigen Stadt alles, was zum Leben nötig wäre, bekommen würden. Ich steckte allerdings die Fotos von unseren beiden Jungs ein. Es war schon schlimm genug, keine Nachrichten von ihnen zu haben, da wollte ich nicht auch noch ihre Gesichter vergessen. Da meine Frau sehr vorsorglich ist, nahm sie die wenigen Lebensmittel an sich, die wir noch hatten, denn vor uns lag ein langer Weg, und sie wären sicher äußerst willkommen, wenn uns einmal der Hunger plagte. Das Gepäck der Herren des Wassers wird vermutlich getrennt transportiert, in Lastwagen wahrscheinlich. Wichtige Leute müssen nie etwas selber schleppen, und höchstwahrscheinlich warteten ihre Sachen bereits in der Stadt auf sie. Im Gänsemarsch marschierten wir schier endlos durch die Steppe. Dann ging es eine Weile durch hügelige Landschaften, und der Weg schlängelte sich mit jedem Schritt mehr dahin, und noch bevor wir die Gipfel sahen, wussten diejenigen von uns, die auf dem Land groß geworden waren, schon, dass es ab jetzt steil bergan gehen würde. Die Füße wurden schwerer und schwerer, und jeder Schritt kostete doppelt so viel Kraft. Der Busfahrer ging voran, mit einer Landkarte, auf der er Abkürzungen suchte, denn er meinte, und da hatte er nicht ganz unrecht, es sei etwas völlig anderes, einen Weg zu Fuß zurückzulegen als mit einem Fahrzeug, denn zu Fuß

54 |

gäbe es immer einen kürzeren Weg. Der Herr des Wasser hielt sich direkt hinter ihm und drehte sich gelegentlich nach den Frauen um, weil er sichergehen wollte, dass sie Schritt halten konnten und nicht zu viel quatschten, wobei Letzteres nur eine Vermutung von mir ist. Niemand hat gern eine Frau, die allzu viel redet, denn als Ehemann kriegt man bei alldem geteilten Freud und Leid unter Frauen meist auch sein Fett weg. Ich ging als Letzter und sah nur hin und wieder nach meiner Frau, um mich zu vergewissern, dass sie nicht stolperte und meine Hilfe brauchte. Angst davor, was sie über mich sagen könnte, hatte ich keine, wahrscheinlich, weil bereits bei unserer Hochzeit alles Schlimme über mich gesagt worden war, mehr gab es da nicht zu erzählen. Tatsächlich stelle ich fest, dass ich sie jetzt, wo wir arm wie Feldmäuse in der Gegend herumirren, umso mehr liebe, ohne mich auch nur im Geringsten dafür zu schämen. Vielleicht relativiert ja auch der Anstieg zum Gipfel das alles, aber ich denke, dass ich sie jetzt, vielleicht sogar zum ersten Mal, wirklich liebe, befreit von all den Ängsten, die ich hatte, als ich noch ihr Angestellter war, und mutiger, als ich je gedacht hätte, als sie mich damals zu ihrem Ehemann machte.

Wenn ich sie die ganze Zeit im Auge behalte, dann deshalb, weil ich Angst habe, sie könnte stolpern, und wie ich sie mir so aus der Ferne ansehe, erscheint sie mir noch schöner, als aus der Nähe betrachtet. Ich bin wahrlich kein großer Dichter, aber jeder, der schon einmal wenigstens ein bisschen verliebt war, weiß ganz bestimmt, was ich meine. Eine Frau ansehen hat nicht das Geringste damit zu tun, sie zu umarmen, denn bei der Umarmung ist man sich schließlich sehr nahe, und die Nähe verdeckt vieles. Von Weitem dagegen sieht man plötzlich nichts mehr von sich selbst, sondern nur noch die Frau, die man liebt, wie etwas, das man aus der Ferne bewundert. So gab ich mich also meinen Gedanken hin, darüber, dass ich sie jetzt mehr und besser liebte und dass mir unser kleiner Bursche beim Heuschreckenjagen nicht etwa verloren ging, da trat der Mann mit dem Wasserkrug unverhofft auf eine Mine, und von einem Moment auf den anderen waren wir nur noch zu siebt. Das bisschen, was von dem Krugträger übrig war, würden auch die besten Chirurgen nicht mehr zusammenflicken können. Die Minenfelder stammen nicht aus diesem Krieg, sondern aus dem vorherigen. Ein paar Minen sind im Gelände liegen geblieben, und ich hatte bereits davon gehört, dass immer mal wieder jemand in den Bergen auf eine davon trat, weil er nicht aufgepasst hatte. Die Minen sind im Unterholz ganz gut zu sehen, sie sind umgeben von Senken, denn die Maulwürfe riechen sie und graben ihre Hügel um sie herum. Der Mann mit dem Wasserkrug war nicht auf dem Land groß geworden. Ich meine, ich hätte ihn einmal im Warenlager gesehen, aber auch da bin ich mir nicht ganz sicher. Jedenfalls war er kein Bauer, und so trat er vollkommen ahnungslos auf die Mine. Es war wirklich ein scheußlicher Anblick, und die Frauen hielten sich die Augen zu. Der Krug war auf den Boden geknallt und den Abhang hinuntergerollt, und so musste einer der beiden Dammarbeiter hinunterklettern, um ihn zu holen. Dabei brach er sich, wie durch ein Wunder, zwischen den Felsen nicht das Genick. Schließlich kam er zurück damit und schleppte ihn bis zum Einbruch der Dämmerung. Wir Männer tranken vor dem Sonnenuntergang bloß einmal, und unser Bursche tat es uns Männern gleich und trank wie ich ebenfalls nur einmal einen einzigen Schluck. Die Frauen dagegen tranken zweimal, immer nur einen winzigen Schluck natürlich, denn eine echte Dame, und diese beiden hier ganz besonders, denn es waren Damen von der Wiege bis zur Bahre, wie

meine liebe Mutter immer sagte, von Weitem schon erkannte man sie als solche, da brauchte man nicht einmal
ihre Namen zu kennen ..., eine echte Dame also öffnet den
Mund nur, wenn es absolut notwendig ist und nur aus gutem Grund. Also etwa zum Trinken. Hier noch ein Beispiel:
Meine Frau las am Hang einen Stahlhelm auf, an dem noch
Blut klebte, was wir alle ziemlich eklig fanden. Sie aber sagte uns, er würde uns als Topf für eine Suppe gute Dienste
leisten, wenn wir ihn säuberten. Und da mussten wir ihr
recht geben. Anschließend putzte sie ihn im Handumdre-
hen mit ein bisschen Erde und Laub, und wer es noch nicht
wusste, erkannte, dass sie eine Frau war, die keine leeren
Worte machte, etwas, das mir selbst schon immer klar gewesen war.

Als die Dämmerung hereinbrach, fingen die ehemaligen
Arbeiter des Staudamms an, miteinander zu streiten. Warum man nicht endlich eine Pause einlegte, wieso der Herr
des Wassers eigentlich immer noch das Sagen hätte, es gäbe
doch schließlich schon fast gar kein Wasser mehr, und so
weiter und so fort, bis der eine dem anderen schließlich
sagte, dass der Herr des Wassers nicht wegen des Wassers
das Sagen hätte, sondern wegen der Pistole, die er immer
bei sich trüge. Ich hörte das alles, während ich hinter ihnen
her ging, und es freute mich aufrichtig, dass einer von uns
bewaffnet war, und ich betete dafür, dass es stimmte. Wie
es aussah, würden wir wohl auf dem nackten Boden schlafen müssen, und man schläft im Freien einfach besser,
wenn sich irgendwo am Lagerfeuer eine Waffe befindet.
Ohne Waffen gibt es weder Zucht noch Ordnung, und als
der Herr des Wassers schließlich anordnete, im Schutz eines Wäldchens Rast zu machen, gehorchten wir alle, als ob
es die Pistole wirklich gäbe, auch wenn wir gar nicht wirklich wussten, ob er eine hatte. Und als er den Vorschlag

machte, ein Feuer für die Suppe anzuzünden, machten wir uns sogleich ans Werk, obwohl wir keine Ahnung hatten, was das wohl für eine Suppe werden würde.

Während die Frauen alles zusammenkratzten, was noch an Essbarem vorhanden war, suchten wir Männer nach Zweigen und nach irgendetwas, woraus man eine Brühe machen könnte. Der Herr des Wassers beteiligte sich nicht, auch der Busfahrer nicht, die beiden beugten sich über die Landkarte, um herauszufinden, ob wir auf dem richtigen Weg waren. Wir anderen gingen Feuerholz suchen, und ich finde es weder schlecht noch merkwürdig, wenn die Verantwortlichen sich Gedanken machen, während wir anderen die Dinge erledigen, das war schon immer mein Verständnis von Herrschaft, und so habe ich sie selbst auch immer ausgeübt, als ich vom Schnitter zum Vorarbeiter aufstieg, und dann vom Vorarbeiter zum Herren, vor lauter Liebe.

Der größere der beiden ehemaligen Arbeiter, ein Mann, der mir an Körpergröße mindestens ebenbürtig war, sagte wie im Scherz, dass wir aus den Knochen des Krugträgers eigentlich eine prima Suppe hätten machen können. Und da sahen wir ihn natürlich alle zutiefst angewidert an und strichen ihn wortlos von unserer kleinen Liste, auf der wir unsere Sympathien verteilten. Wenn man in eine Gruppe hineingezwungen wird, die man sich also nicht selbst ausgesucht hat, ist man immer dankbar, wenn sich schon bald irgendein Idiot aus eigenem Antrieb als der Schlimmste von allen zu erkennen gibt, denn so fühlen sich alle anderen gleich viel besser und wissen, wen sie auf gar keinen Fall vermissen werden. In diesem konkreten Fall hier hätten wir keine bessere Wahl treffen können, denn der größere der beiden ehemaligen Staudammarbeiter trank heimlich aus einer Feldflasche, aus der er noch nicht einmal seinen ehemaligen Kollegen trinken ließ. Außerdem hatte er vom Stöckchensammeln bald schon genug und schleppte nur feuchtes Holz an, als hätte er in seinem ganzen Leben noch kein Feuer gemacht. Das alles bemerkte ich, und das alles bemerkte auch unser Julio, während wir selbst trockenes Holz und Reisig sammelten. Und wir beobachteten auch die kleine Auseinandersetzung unter ihnen, den beiden vom Staudamm, als der Kleinere etwas vom Wein des Größeren abhaben wollte. Und wo wir gerade dabei waren, sahen wir auch, wie der Kleine mit einem Stein auf den Großen ein-schlug und ihm den Wein abnahm, und dann sahen wir ihn damit davonlaufen wie einen Verbrecher, der noch keine Ahnung hat, dass sein Diebesgut niemals für die gesamte Wegstrecke reichen wird, die er noch zu bewältigen hat. Unser Julio und ich gingen nun zu dem Toten, denn das war er, er hatte den Schlag mit dem Stein nicht überlebt, und da wir jetzt sowieso nichts mehr für ihn tun konnten, durch-suchten wir seine Hosentaschen auf der Suche nach Mün-zen oder anderen Wertgegenständen und fanden Tabak. Und so rauchten der Bursche und ich gleich an Ort und Stel-le zusammen eine Zigarette, kaum zwei Schritt weit ent-fernt von dem Toten, den Rest bewahrten wir auf, etwa zehn Zigaretten, die mir in Anbetracht der Umstände umso mehr wie ein echter Schatz vorkamen, weil mir meine Frau schon lange bevor der Krieg begann, das Rauchen verboten hatte, nämlich als ich aufhörte, ihr Angestellter zu sein, und zu ihrem Liebhaber wurde. Ich habe überhaupt nichts dage-gen, dass Kinder schon in ihrer Jugend anfangen zu rau-chen, denn so bin ich zum Mann geworden, auch wenn heutzutage überall behauptet wird, das wäre schlecht für die Gesundheit. Ich bin schließlich kein Arzt und will es auch nicht werden, also geht mich das, was all die Medizin-experten so sagen, nicht das Geringste an. Die erste Zigarette war es jedenfalls nicht, die der Junge da rauchte, so viel stand fest, denn er hustete kein bisschen und sog den Qualm in seine Lungen wie ein alter Matrose.

Nachdem wir die Zigarette aufgeraucht hatten, kehrten der Junge und ich fast ein bisschen beschwingt zurück, wir hatten uns schließlich nichts zuschulden kommen lassen. Den anderen aus der Gruppe, also dem Busfahrer, dem Herren des Wassers und unseren besseren Hälften, erzählte ich, die beiden vom Staudamm hätten sich abgesetzt und wären jetzt auf eigene Faust unterwegs, auch wenn das gelogen war. Keinem schien das viel auszumachen, denn das wenige, was wir für die Suppe hatten, würde jetzt für jeden deutlich mehr ergeben. Bei mir im Dorf hieß es immer, je weniger sich an den Tisch setzen, desto mehr ist für alle da. Als sie mich in einem unbeobachteten Moment zur Seite nahm und nachhakte, sagte ich ihr die Wahrheit, denn ich kann sie einfach nicht anlügen. Ich erzählte ihr, dass der eine den anderen wegen dem Wein umgebracht hatte und dann weggelaufen war. Die Zigaretten erwähnte ich nicht. Das war eine Notlüge, aber zugleich auch ein Fehler, denn mein Atem verriet mich sofort. Sie aber verzieh mir, ja, sie bat mich sogar um eine Zigarette für nach dem Abendessen, und bei diesem kleinen Fehltritt in meine Richtung mussten wir beide herzlich lachen. Dann machte sie sich daran, Suppe zu kochen, und man muss schon sagen, aus dem wenigen, was da war, zauberte sie eine köstliche Brühe. Ein paar Beeren und ein Stück abgeknabberter Kaninchenknochen, den der Junge gefunden und mit den Fingernägeln vom Dreck befreit hatte, bildeten die Grundlage, ein paar Wildkräuter steuerten das Aroma bei, der Rest einer Dose Heringe etwas Substanz, dazu noch ein bisschen Wasser, und fertig war eine Suppe für sechs Personen, von der man sogar noch nachnehmen konnte. Als Topf diente der Stahlhelm des toten Soldaten. Wir hatten alle mächtig Hunger, aber sie ließ sich kein bisschen aus der Ruhe bringen, und wie sie da so mit dem Kaninchenknochen in der Suppe herumrührte, kam es mir fast ein bisschen so vor, als würde sich die ganze Welt um ihr Handgelenk drehen. Ohne die beiden Dummköpfe vom Staudamm und den dämlichen Wasserkrugträger, dachte ich, nur mit den Herren des Wassers, dem Busfahrer, uns beiden und dem Jungen hatten wir als Gruppe deutlich bessere Chancen. Und auch wenn ich es nicht laut aussprach, so schien es mir doch, als wären wir uns wenigstens in dieser Hinsicht alle einig, denn wie sie da so mit dem improvisierten Löffel immer weiter in der Suppe herumrührte, kam es mir ebenfalls einen Augenblick lang so vor, als wären wir alle glücklich vereint, wie eine Familie, auch wenn wir hier mitten im Niemandsland saßen, kilometerweit entfernt von allem, was wir unser Eigen hätten nennen können.

Zum Schlafen schmiegten wir uns in unmittelbarer Nähe des Lagerfeuers aneinander, denn das war inzwischen heruntergebrannt, und die Glut wärmte, ohne dass man sich vor den Flammen in Acht nehmen musste. Der Busfahrer war ein langer Lulatsch und rückte ein bisschen weiter vom Feuer ab, um sich nicht die Füße zu verbrennen. Neben dem Busfahrer platzierte ich mich, allerdings ohne ihn zu berühren, sie lehnte sich mit dem Kopf an meine Brust, und in dem Dreieck, das auf diese Weise entstand, fand der Junge seinen Platz. Neben meine Frau legte sich die Herrin des Wassers, mit der sie sich gut verstand und keine Berührungsängste hatte, und neben die Herrin des Wassers wiederum legte sich ihr Ehemann, der unverdient in das Wasser eingeheiratet hatte und der, wer weiß, vielleicht eine Pistole trug. Wir waren an diesem so merkwürdigen Tag so weit gelaufen, dass wir alle auf der Stelle einschliefen. Durch ein halb zugekniffenes Auge, aus dem Augenwinkel sozusagen, beobachtete ich, wie der Knabe sich kurz bewegte und dann aufstand, und einen Moment lang machte ich mir Sorgen, aber dann hörte ich, wie er pinkelte, und schlief ruhig wieder ein, wobei ich mich noch fester an sie drückte.

Ich bin nicht der Typ, der seine Träume lang und breit erzählt, denn solche Geschichten von anderen zu hören langweilt mich zu Tode, also lassen wir es damit bewenden, dass ich von der Suppe träumte, von Suppe und immer mehr Suppe, Suppe und immer wieder Suppe, und alles, was wir einmal waren, bevor wir unser Haus abgefackelt hatten, schien sich in dieser Suppe, die wir im Helm eines toten Soldaten gekocht hatten, wiederzufinden, und so waren meine Träume randvoll mit dieser dickflüssigen, verflixten Suppe, bis ich schließlich erwachte.

Bei Tagesanbruch war ich erst mal heilfroh, dass der Albtraum endlich vorbei war, aber dann bekam ich den Schreck
meines Lebens, denn als ich die Vögel singen hörte und
meine Augen öffnete, blickte ich in die Mündung einer
Pistole.

Anscheinend hatte der Herr des Wassers wohl insgeheim
tatsächlich eine Pistole dabei, aber wer mir da die Pistole ins
Gesicht hielt, war Julio, unser Junge, der nur damit spielte
und gar nicht vorhatte, mich umzubringen. Ich nahm ihm
die Pistole ab und steckte sie mir unauffällig in den Hosen-
bund. Die Waffe war relativ klein, eine Astra Kaliber 9 Mil-
limeter, mit Griffschalen aus Perlmutt, ein ausländisches
Fabrikat, nur für Reiche, ein Sammlerstück, aber eins, das
keine Ladehemmung kennt, limitierte Stückzahl. Ich war
zwar nicht bei der Armee, das stand damals nicht zur De-
batte, aber von Handfeuerwaffen verstehe ich etwas und
auch ein bisschen von Gewehren. Da ich ja nun mal auf dem
Land groß geworden bin, habe ich eine gewisse Vorliebe für
das Knallen von Schüssen, denn so ein Schuss kann ein wil-
des Tier ebenso gut verjagen wie töten, und wenn man, so
wie ich, schon als Kind für längere Zeit auf sich selbst gestellt war, betrachtet man eine Waffe sozusagen als Lebens-
versicherung.

Da alle noch schliefen und der Herr des Wassers mit offe-
nem Mund vor sich hin schnarchte, nahm ich an, Julio hätte
ihm die Pistole abgenommen, ohne dass jemand etwas mitbekommen hatte. Und selbstverständlich erteilte ich dem

Jungen dafür mit ernster Miene eine Rüge, aber ohne laut zu werden und damit die anderen zu wecken, und dann dachte ich darüber nach, was ich nun mit dieser verflixten Pistole anstellen sollte. Wenn ich sie ihrem Besitzer zurückgäbe, dem Herren des Wassers also, würde ich mir seine Gunst erwerben, aber die hatte ich bereits, wegen der Freundschaft unserer Gattinnen, und wenn ich sie ihm nicht zurückgäbe, würde ich seine Autorität und seine Macht schmälern, denn ohne Pistole würde er das wenige Wasser, das wir noch hatten, nicht verteidigen können, und seine Anweisungen hätten nicht mehr dieselbe Durchsetzungskraft. Egal wem er misstraute, es würde mir dabei helfen, meine Familie besser zu schützen: Verdächtigte er den Busfahrer, würde er den Weg zur Durchsichtigen Stadt nie erfahren, verdächtigte er mich, würde er nur noch den Busfahrer haben, ohne zu wissen, in wessen Besitz sich die Pistole befand, verdächtigte er alle und ginge mit seiner Frau getrennte Wege, würde ich mit dem Busfahrer und seiner Landkarte und der Pistole alleine dastehen, ohne jemanden, der mir Vorschriften machte, dann würde ich sozusagen das Herz und Hirn dieser Bande, und niemand würde mir mehr befehlen, wann es weiterginge oder wann wir eine Pause machten. Und wie ich so allmählich meinen Plan aussheckte, kicherte der Junge leise in sich hinein, als könnte er meine Gedanken lesen. Fast sah es sogar ein bisschen so aus, als riebe er sich die Hände vor lauter Freude über das Ergebnis seiner Machenschaften. Und in diesem Moment beschloss ich, ihm eine Lektion zu erteilen. Bei Kindern hat man in der Regel nur sehr selten Gelegenheit, ihnen den rechten Weg zu weisen. Schon deshalb muss man die wenigen Möglichkeiten, die sich einem bieten, unbedingt nutzen. Meine Entscheidung war also gefallen. Um den Schlaf der beiden Frauen nicht zu stören, robbte ich mich vorsichtig an den Herren des Wassers heran und weckte ihn mit einer sanften Berührung der Schulter. Und dann gab ich ihm leise seine Pistole zurück, und der Mann verstaute sie behutsam, bedankte sich, stand sogar dafür auf und umarmte mich. Unser Junge, Julio, beobachtete das alles mit einem völlig verständnislosen Gesichtsausdruck. Und so gab ich ihm, als ich mich wieder zu ihm setzte, eine Erklärung, die ich zu diesem Zeitpunkt für vollkommen angemessen hielt. Unrecht Gut gedeihet nicht, sagte ich und fixierte ihn dabei mit meinem Blick. Und dann fügte ich hinzu: Das Wichtigste im Leben ist ein ruhiges Gewissen.

Obwohl wir uns sehr leise verhalten und nur im Flüsterton gesprochen hatten, wachten die Frauen auf. Vielleicht hatten sie aber auch einfach ausgeträumt. Der Busfahrer schnarchte weiter, bis ihm der Herr des Wassers sozusagen als Aufforderung einen Tritt mit der Fußspitze verpasste. Wie ich so sah, dass er den Fahrer mit Füßen trat, bereute ich kurz, ihm die Pistole überhaupt wiedergegeben zu haben, aber nur kurz, denn es ging mir ja schließlich darum, dem Jungen etwas beizubringen, und nicht darum, den Lauf der Dinge zu ändern.

Die Frauen machten nur eine Katzenwäsche, mit ein bisschen Spucke, denn das Wasser im Krug reichte nicht mehr zum Waschen, im Gegenteil, es neigte sich mit jedem Schluck immer mehr dem Ende entgegen. Ohne Wasser gab es zur Herstellung von Autorität nur noch die Landkarte und die Pistole, und von der Existenz Letzterer wussten nur der Junge und ich und natürlich ihr Besitzer.

Kaum hatten wir uns alle ein bisschen gestreckt, machten wir uns auch schon wieder auf den Weg. Wo wir jetzt nur noch so wenige waren, kamen wir gut ohne Anweisungen zurecht. Der Busfahrer sah sich die Landkarte an und sagte, hier entlang, und diesen Weg nahmen wir dann auch.

Hinter dem Wäldchen wurde das Gelände abschüssig, und was gestern noch mühseliges Klettern war, wurde heute zu einem munteren Trab bergab. Sie ging jetzt auch nicht mehr neben der Herrin des Wassers, sondern wieder neben mir und hielt dabei meine Hand, während unser Julio leichtfüßig um uns herumsprang. Das Wetter war herrlich, und für einen Moment vergaßen wir den Krieg und alles um uns herum und konzentrierten uns ganz allein aufs Gehen. Eine weite Strecke legten wir zurück, ohne einen Schluck zu trinken, aber keiner von uns beschwerte sich, und so ließen wir das Gebirge hinter uns und kamen an eine riesige Wiese, deren Ende wir in der Ferne kaum ermessen konnten und auf der das Gras fast hüfthoch stand. Sie schlug vor, Grashalme zu kauen, denn sie enthielten Wasser und Nährstoffe. Da schämte ich mich fast ein bisschen für meine Unwissenheit. Wieso war mir das nicht eingefallen, wo ich doch auf dem Land groß geworden war? So kauten wir also auf unseren frischen grünen Halmen herum wie grasende Kühe und stellten dabei unwillkürlich fest, also ich jedenfalls, dass wir im Kopf plötzlich ganz klar wurden und wieder Kraft in unsere Beine strömte. Und wie wir da so unser merkwürdiges Frühstück aßen, gerieten wir plötzlich in eine Kontrolle.

Als Erstes hörten wir die Rotorblätter des Helikopters, und als wir den Blick gen Himmel richteten, an dem einige Quellwolken standen, schwebte er auch schon in der Luft über uns und brachte das Gras durcheinander und machte einen Wind, dass es uns die Haare regelrecht zerwühlte und fast die Kleidung vom Leib riss. Viel fehlte nicht und die Damen hätten in Unterwäsche dagestanden, so sehr zerrte der Wind an ihren Röcken. Wir dachten, der Hubschrauber würde landen, aber das tat er nicht, und wie wir ihn so anstarrten, tauchte plötzlich völlig unvermittelt ein Kampfpanzer auf und fuhr das ganze Gras platt.

Guten Tag, die Herrschaften, sagte ein Leutnant, der unsere Uniform trug, dieselbe Uniform, die auch meine Jungen trugen.

Guten Tag, antworteten wir alle im Chor.

Wo soll's denn hingehen?, fragte der Leutnant und legte mit dem Maschinengewehr auf uns an. Unsere Antwort lautete, dahin, wo uns befohlen wurde, in die Durchsichtige Stadt. In Wirklichkeit sagte das der Herr des Wassers, und wir anderen stimmten ihm zu. Daraufhin wollte der Leutnant unsere Papiere sehen, und jeder von uns gab ihm seine, das heißt, ich gab ihm die von uns dreien, ihre, meine und die von dem Jungen, die zwar gefälscht waren, aber wie die anderen von unserem Bezirksvorsteher abgestempelt, und damit war alles in Ordnung. Das sagte auch der Leutnant, der sich jetzt ein bisschen entspannte und die Waffe sinken ließ, als er sah, dass wir völlig legal unterwegs waren. Der Busfahrer trat einen Schritt vor und zeigte dem Leutnant mit dem gebührenden Respekt seine Landkarte und fragte ihn, ob er uns vielleicht den Weg weisen könnte. Ihr seid auf dem falschen Kurs, sagte der Angesprochene, mindestens dreißig Kilometer zu weit östlich, und dann zeichnete er mit dem Kugelschreiber den korrekten Weg in die Karte ein und wies mit dem Zeigefinger in die richtige Richtung. Wir würden Sie ja gerne hinbringen, sagte er, aber in dieser Gegend ist immer noch der Feind unterwegs, und unser Auftrag lautet anders.

Dafür hatten wir alle größtes Verständnis und bedankten uns herzlich bei ihm. Als wir den Panzer passierten, erkundigte sie sich nach unseren beiden Söhnen, aber der Leutnant erklärte mit ausgesuchtester Höflichkeit, dass so eine Armee ungeheuer groß wäre und dass man unmöglich alle Soldaten kennen könnte. Spannend wurde es noch einmal, als der Herr des Wassers sich erdreistete, den Leutnant um etwas Wasser zu bitten, und als dieser erwiderte, Wasser sei zurzeit ein höchst wertvolles Gut, denn es hätte keinen Regen gegeben und die Brunnen würden häufig sabotiert und die Spekulanten würden mit ihren Stauseen die Preise in die Höhe treiben. Trotz allem war er eben ein netter Kerl, und so reichte er uns eine Feldflasche mit Wasser und sagte, wenn wir uns nicht wieder verliefen, müssten wir damit eigentlich hinkommen, bis wir in der Stadt wären, durstig zwar, aber wenigstens bei lebendigem Leibe.

Die Herrin des Wassers fragte, wie lange wir wohl noch unterwegs sein würden, und der Leutnant antwortete, wenn wir ein gleichmäßiges Tempo hielten, den Rest des angebrochenen Tages und dann eine Nacht Rast – denn es machte keinen Sinn, durch die Nacht zu irren – plus den kommenden Vormittag. Für eine so lange Strecke reichte das Wasser nicht, dachten wir. Aber es wäre sinnlos, mehr zu verlangen, als man uns überlassen wollte. Allerdings gab er uns noch einen Tipp, nämlich, dass wir auf unserem Weg an einem verlassenen Hotel vorbeikommen würden, in dem wir die Nacht verbringen könnten, und da fände sich vielleicht noch etwas zu essen und zu trinken, denn es wurde erst vor Kurzem aufgegeben. Es war ein Hotel des Feindes, wie alles in dieser Gegend. Deshalb müsste man sich, wenn man Vorräte fand, auch nicht zwingend zurückhalten. Seine eigenen Truppen hatten es bereits mehrfach geplündert, also sollten wir nicht damit rechnen, allzu große Reichtümer vorzufinden. Das alles erklärte uns der Leutnant, während er den Panzer wendete, um seine Streckenkontrolle fortzusetzen, so lautete nämlich der offizielle Auftrag ihrer Patrouille. Der Hubschrauber blieb während unseres gesamten Gesprächs in der Nähe, man konnte also davon ausgehen, dass er uns die ganze Zeit über voll im Visier hatte. Als der Panzer schließlich in der Ferne verschwand, stieg auch der Hubschrauber in die Höhe und flog davon, sodass sich auch das Gras wieder beruhigte und der Lärm abebbte, was wir dankbar zur Kenntnis nahmen, denn wir hatten uns bei dem ganzen Radau nur schreiend mit dem Leutnant verständigen können.

Wir brauchten schon mal ein paar Stunden, um die riesige Wiese zu durchqueren, und danach hatten wir wohl Flöhe oder so was, jedenfalls mussten wir uns zwei Stunden später noch kratzen. Unser Julio wälzte sich regelrecht auf dem Boden, als ob er eine Ziege wäre. Ich habe keine Ahnung, ob es ihn so sehr juckte oder ob er es einfach lustig fand. Jedenfalls, wenn Letzteres zutraf, dann spielte er es wirklich unglaublich gut, und wir mussten so sehr darüber lachen, dass wir am Ende schließlich noch mehr Durst bekamen. Meine Frau war es, die ihm sagte, er solle endlich mit dem Quatsch aufhören. Für sie ist er mehr wie ein Kind oder ein Neffe, während ich das Kindliche an ihm gerne schon mal vergesse und denke, er wäre so etwas wie ein Spielzeug und hätte vor allem die Aufgabe, uns aufzuheitern. In diesem Sinne ermahnte sie mich, und ich konnte nicht abstreiten, dass sie recht hatte. Wenn sie mir eine Rüge erteilt, dann macht sie das stets mit erlesenster Zärtlichkeit, sie vermittelt mir ein angenehmes Gefühl, nicht etwa den Eindruck, dass meine Dummheit bestraft gehört, sondern dass sie sich ernsthafte Sorgen um mich und meine Gefühle macht. Das ist ganz besonders dann der Fall, wenn sie dazu gezwungen ist, mich vor den Augen fremder Leute zurechtzuweisen. Niemals bin ich ihr dafür böse, und wenn ich mich mal aufrege – irgendwann regt sich schließlich jeder mal auf –, werde ich gleich wieder ganz ruhig, denn ich denke dann daran, wie sehr sie mein

Leben bereichert hat und wie wenig sie im Gegenzug dafür verlangte.

Das Hotel, von dem uns der Leutnant erzählt hatte, konnten wir schon aus der Ferne erkennen, als wir die große Weide hinter uns gelassen hatten, aber leicht zu erreichen war es deswegen noch lange nicht, trotz der geringen Entfernung, denn es lag auf dem Gipfel eines steilen Berges, und nur ein einziger Weg führte hinauf. Es war ein gutes Gefühl für mich, wieder Kies unter den Füßen zu haben. Ich komme zwar vom Land, aber trotzdem habe ich gerne ein Gefühl dafür, wo ich langgehe, und Straßen führen meist direkter ans Ziel als Trampelpfade, insbesondere, wenn man den Weg nicht kennt. Beim Aufstieg musste ich den Jungen tragen, so müde war er. Am liebsten hätte ich ihn Huckepack genommen, das wäre bequemer gewesen, aber meine Rückenschmerzen sprachen dagegen. Zwei meiner Rückenwirbel sind gestaucht, denn ich bin ein Dummkopf und unvorsichtigerweise mal von einem Mähdrescher gefallen. Viele Probleme habe ich damit nicht, aber manchmal regt sich bei Regenwetter wieder die Erinnerung daran oder eben, wenn ich Gewicht auf dem Rücken habe. Bei uns zu Hause bekam ich immer Einreibungen von ihr, die mir sehr guttaten. Kräftig sind ihre Hände, aber trotzdem sanft, und wahrscheinlich massiert sie wie ein Profi. Wahrscheinlich sage ich deswegen, weil noch nie in meinem Leben jemand anders als sie meinen Rücken berührt hat. Nicht dass ich vor ihr noch nie eine Frau gehabt hätte, das hatte ich sehr wohl, nur sind diese Beziehungen nie so zärtlich gewesen. Bevor sie mich eines Tages angesprochen hat, war ich wenig mehr als ein einfacher Bauer, gesellschaftlich völlig unerfahren, auch wenn ich fleißig war und meine Arbeit stets pünktlich erledigte. Darauf lege ich

Wert. In der Schule habe ich lesen und rechnen gelernt. Mit dreizehn brachte mich mein Vater in die Lehre auf den Bauernhof, mit achtzehn war ich immerhin Vorarbeiter, und da ernannte mich dann der frühere Ehemann meiner jetzigen Gattin zum Verwalter genau jener Ländereien, die später mein Eigen wurden. Über diesen Herren, den Ex-Mann meiner Frau und zugleich meinen damaligen Chef, kann ich nur Gutes berichten. Nie hat er mich schlecht behandelt und meinen Lohn immer pünktlich gezahlt, sogar Sonderzuwendungen gab es, so zufrieden war er mit mir. Er war wesentlich älter als sie, aber er behandelte sie stets gut und zuvorkommend, auch wenn er kein echter Ehemann war, und zwar in der Hinsicht, dass eine junge Frau nun mal einen jungen Mann braucht und Kinder haben will, wofür er nichts übrighatte. Böse Zungen behaupteten, wenn er betrunken war, hätte er den Burschen auf dem Hof nachgestellt, den jungen Feldarbeitern und den Stallknechten, aber Beweise dafür haben wir nie gefunden. Mancher behauptete, sie hätte mit ihm eine gute Partie gemacht, so wie ich selbst später mit ihr, denn sie besaß zwar einen großen Namen, aber wenig Land, während es bei ihm genau umgekehrt war. Ich hatte weder das eine noch das andere. Jedenfalls, eines Tages starb er an Altersschwäche. Er hat nicht sehr gelitten, und als er zwei Jahre unter der Erde war, lange nach der offiziellen Trauerzeit also, stieg ich zum ersten Mal zu meiner Gattin in die Schlafkammer, und kaum zwei Monate später heirateten wir auch schon, kirchlich, und nach nicht allzu langer Zeit wurde unser erster Junge geboren, Augusto. Wenn man mal nachrechnet, stellt man schnell fest, dass die Empfängnis vor der Eheschließung stattgefunden haben muss, aber da sind wir meiner Meinung nach nicht die Ersten und die Einzigen, die dem Verlangen nachgeben, bevor die Hochzeitsglocken läuten. Außerdem herrschten in unserer Gegend keineswegs dieselben feinen Sitten wie in einer Großstadt, denn da gab es noch ganz andere Sachen, und jeder machte, was er wollte, und wenn es nicht gerade ein Riesenskandal war, dann fiel vieles eben einfach unter den Tisch. Gerüchte gab es natürlich immer, aber die Gerüchte verstummen, wenn man hart genug arbeitet und laut genug mit dem Hammer auf den Amboss des eigenen Lebens schlägt. Und bilden sich doch welche, dann ignoriert man sie eben. Und hat man, warum auch immer, irgendwann genug davon, sie zu ignorieren, dann lädt man einmal das Gewehr durch und schafft Ruhe. Ich habe schon so manchen Klugscheißer zum Schweigen gebracht, ohne auch nur einen Schuss abzugeben. Meistens reichte es nämlich schon, mit der Remington ein bisschen am Hang spazieren zu gehen oder sie an Feiertagen wie beiläufig mitzuführen, sodass sie von allen gesehen wurde. So eine Remington hat sechs Schuss Munition, und einmal bin ich mit meiner in die Dorfkneipe gegangen und habe Bescheid gegeben, dass die ersten zwölf Männer, die Zweifel daran anmeldeten, dass ich der rechtmäßige Besitzer meiner Ländereien wäre, als Antwort von mir eine Kugel in den Bauch bekämen. Und wenn es dann immer noch Gerede gäbe, würde ich einfach nach Hause gehen und ein weiteres Mal nachladen, um noch ein paar Antworten mehr zu geben. Selbstverständlich sagte keiner ein Wort, und ich trank meinen Wein aus, wie es sich für den Kapitän eines Schiffes gehört, und dann setzte ich nie wieder einen Fuß in die Dorfkneipe und ließ mich auch sonst im Dorf kaum noch blicken.

Aber das alles spielt jetzt keine Rolle mehr, denn unser Haus ist niedergebrannt, und es bleibt abzuwarten, ob wir jemals wieder unsere Ländereien betreten werden, und in der neuen Stadt wird wohl keiner viel vom anderen wissen, und wenn da so viele Leute aus allen möglichen Gegenden zusammentreffen, wird man, was vergangen ist, wohl auf sich beruhen lassen. Sie, ich und der junge Knabe werden bestimmt in der Menge untergehen, was einerseits zwar ganz gut ist, andererseits aber auch schlecht. Mir wird es, glaube ich, nicht besonders schwerfallen, schließlich hatte ich ja von Geburt an fast nichts. Nur bei ihr bin ich mir da nicht ganz so sicher, denn sie ist schließlich in ein Landgut hineingeboren worden, in ein verlorenes zwar, aber nachher hatte sie ja dann wirklich eins, durch ihre Heirat. Natürlich hat sie mehr Ressourcen als ich und eine Menge Fantasie, was mir völlig abgeht, und mit Fantasie kommt man besser durchs Leben, denn man überlässt sich nicht so leicht seinem Schicksal. Aber wer weiß, vielleicht werde ich am Ende doch nicht so gut damit klarkommen, wieder ein Niemand zu sein, schlechter als sie jedenfalls, so sehr habe ich mich inzwischen an das gute Leben gewöhnt.

Als wir das Hotel schließlich erreichten, war der Knabe tief und fest in meinen Armen eingeschlafen, und sie war vollkommen erschöpft, sosehr sie es auch zu verbergen versuchte. Und auch ich war zugegebenermaßen am Ende meiner Kräfte. Das Hotel war mehr wie ein riesiges Thermalbad, mit jeder Menge Brunnen voller Schwefelwasser, dessen Gestank einen daran denken ließ, wie es wohl in der Hölle riechen mochte, so abgestanden war es. Und gewartet hatte die Brunnen auch niemand. Wenn wir dort schlafen wollten, würden wir uns auf die Veranda legen müssen und herausfinden, woher der Wind kam. Beim Betreten des Gebäudes wurde einem schlecht, und so machten nur der Busfahrer und ich uns auf die Suche nach etwas Ess- und Trinkbarem. Wie der Leutnant schon gesagt hatte, waren seine Soldaten bereits hier gewesen, und eine Herde Sauen hätte kaum mehr Verwüstung anrichten können. Es ist überraschend, wie schlecht die Leute Dinge behandeln, die ihnen nicht gehören, wie groß die Lust an der Zerstörung bei vielen ist, wenn man ihnen einmal freien Lauf lässt. Denn ohne Aufsicht oder Autorität kommt bei jedem zweifellos das Schlimmste zum Vorschein, und dann wird alles kurz und klein geschlagen, mit einer erschreckenden Wut. Während ich mir das Innere des Hotels so ansah, die umgestoßenen Tische, das achtlos zertrümmerte Geschirr, die herumliegenden Exkremente, die kaputt geworfenen Scheiben, da dachte ich so bei mir in meinem tiefsten Inneren, dass meine eigenen Jungs sich niemals so aufführen würden, egal wie soldatisch sie geworden waren und wie lange der Krieg nun schon dauerte. Man hört ja viel darüber, zu was für barbarischen Taten die Männer der Nachhut fähig sind, wenn ihnen der Wahnsinn des Kriegs einen Freibrief dafür erteilt, ihrerseits wahnsinnig zu werden. Aber bei meinen eigenen Kindern gab ich mich doch nur allzu gern einer Illusion hin, der Illusion nämlich, wir hätten ihnen beigebracht, mit ein bisschen mehr Verstand zu handeln und etwas mehr Anstand zu haben, egal ob gerade jemand zusieht oder nicht. Der Busfahrer und ich hielten uns jedenfalls wegen des Gestanks die ganze Zeit über, die wir in dem ziemlich weitläufigen Hotel unterwegs waren, ein Tuch vor Mund und Nase. Wir sahen aus wie zwei Banditen aus einem alten Western, aber geraubt haben wir nichts – wobei man das Suchen nach Resten ja höchstens als Mundraub bezeichnen könnte –, schon weil wir rein gar nichts fanden, was man überhaupt hätte rauben können. Wir nahmen nur ein paar alte Vorhänge mit, die uns ein bisschen Schutz gegen die Kälte bieten sollten, denn die Dutzenden von Matratzen, die überall herumlagen, waren getränkt von Blut, Urin oder Schlimmerem. Ich wagte nicht, mir vorzustellen, was auf ihnen alles passiert sein mochte, auch wenn ich immerhin hoffte, dass das Hotel bei Ankunft der Soldaten bereits leer gewesen war und sie niemanden angetroffen haben, insbesondere keine Frauen, denn was manche Soldaten, wenn sie Gelegenheit dazu haben, mit Frauen anstellen, die sie allein und hilflos antreffen, ist schließlich allgemein bekannt.

Leichen waren glücklicherweise keine zu sehen, aber überall klebte Blut, und an den Wänden klafften Einschusslöcher, als hätten Hinrichtungen stattgefunden. Der Busfahrer und ich verständigten uns sehr schnell darauf, dass wir hier weder die Frauen noch den Jungen hereinlassen würden, denn wenn auch nichts wirklich Schlimmes zu sehen war, so reichte das, was man sich ausmalen konnte, schon für die übelsten Albträume. Abgesehen davon wäre der Gestank allein schon dazu geeignet, unsere Frauen das bisschen, was sie heute und gestern gegessen hatten, wieder auskotzen zu lassen.

Wir kamen also mit leeren Händen und schlechten Nachrichten zurück auf die Veranda, einmal abgesehen von den Vorhängen, die uns als Decken gute Dienste leisten würden und hochwillkommen waren. Es war schon dunkel, und die Frauen zitterten am ganzen Leib, während der Junge ganz entspannt auf dem Holzboden schlief, und es gefiel mir zu sehen, dass er nicht gerade zimperlich war und ein richtig harter Bursche zu sein schien. Über Essen redeten wir gar nicht erst, aus lauter Angst, dass wir noch mehr Hunger bekommen könnten. Doch dann hielt der Herr des Wassers noch eine kleine Überraschung bereit. Der Mann hatte nämlich in seinem Stiefel eine Tube mit gezuckerter Kondensmilch versteckt, die er sofort bereitwillig mit uns allen teilte. Es war zwar nichts Besonderes, aber immerhin half es uns dabei, wenigstens kurz Atem zu schöpfen und unsere Gehirne mit einer kleinen Kanne Zucker zu gießen, denn ohne etwas Süßes kommt man einfach nicht auf klare Gedanken. Schlecht daran war allerdings der Durst, den wir alle bekamen, nachdem wir an der Tube genascht hatten, die Frauen zuerst und dann der Junge, der seine Portion im Halbschlaf herunterschluckte, wie ein Baby, wenn es zwar todmüde ist, aber zugleich mordsmäßig hungrig.

Die Masse aus gezuckerter Kondensmilch klebte wie Kleister am Gaumen, und das bisschen Wasser, das jedem von uns aus der Feldflasche zustand, war weiß Gott zu wenig, um diesen Klebstoff zu lösen, und deshalb kam es einem so vor, also mir wenigstens, als würde das Wasser überhaupt nicht im Magen ankommen. So legten wir uns also hin, geplagt von etwas, über das wir nicht allzu viel nachzudenken versuchten, weil es keine Lösung dafür gab. Und wir träumten davon, also ich zumindest, aber wahrscheinlich wir alle, am nächsten Tag in der Durchsichtigen Stadt anzukommen und endlich reichlich Wasser trinken zu können. Wir beide kuschelten uns ganz eng an den Jungen, und sie flüsterte mir vor dem Einschlafen noch zärtlich ein paar liebe Worte ins Ohr, darunter auch, dass sie stolz auf mich wäre, was ich nicht so ganz verstand, denn den Grund dafür konnte ich nicht wirklich erkennen. Aber trotzdem wurde mir ganz warm ums Herz, und es half mir dabei, meine Augen nicht voller Kummer zu schließen, sondern für einen Moment wenigstens all meine Sorgen zu vergessen. Überraschend, wie sehr die Liebe unter den widrigsten Umständen doch immer wieder beruhigend und stärkend wirken kann. Vielleicht ja auch gerade und ganz besonders gut unter den widrigsten Umständen. Da mir ihre besondere Redegabe abgeht und mir liebe Worte nur sehr schwer über die Lippen kommen, antwortete ich nichts auf ihr Flüstern. Um dennoch nicht weniger liebevoll zu wirken und ihren zahlreichen unbefriedigten Bedürfnissen zu begegnen, umarmte ich sie fest, küsste sie zärtlich auf die Lippen und streichelte ihr übers Haar, und erst als ich ganz sicher war, dass sie tief und fest schlief, erlaubte ich mir, meine eigenen Augen zu schließen.

Die Nacht war schon fast vorüber, es war höchstens eine Stunde vor Sonnenaufgang, da weckte mich das Knarzen der Verandadielen. Als ich die Augen öffnete, sah ich, wie sich die Herren des Wassers und der Fahrer dazu aufmachten, klammheimlich ohne uns abzuhauen, so leise es ging und möglichst, ohne uns aufzuwecken. Natürlich nahmen sie die Feldflasche und die Landkarte mit, wahrscheinlich in der Annahme, drei Personen kämen mit dem restlichen Wasser frischer und entspannter ans Ziel als sechs. Wohl wissend, dass der Herr des Wassers im Besitz einer Pistole war, ich hatte sie ihm schließlich selber wieder zurückgegeben, schritt ich nicht ein, auch wenn ich solch eine miese Nummer nicht besonders witzig fand. Aber ich dachte, wenn die Stadt wirklich so nah wäre, wie der Leutnant behauptete, also einen halben Tag zu Fuß, dann würden sie, ich und der Junge es problemlos auch allein dorthin schaffen. Und wenn die Stadt so groß wäre, dass sie Leute aus allen evakuierten Regionen aufnehmen konnte, wäre sie bestimmt von Weitem schon zu sehen, und da der Leutnant ja ganz klar in Richtung Osten gezeigt hatte, müssten wir uns schon sehr dumm anstellen, um sie zu verfehlen. Wenn wir erst einmal dort wären, würde ich mich schon noch darum kümmern, einen gewissen Herrn des Wassers ausfindig zu machen und ein paar Dinge mit ihm ins Lot zu rücken, das schwor ich mir, wie ich so dalag und durch die zusammengekniffenen Augenlider zusah, wie die drei miesen Verräter sich auf den Weg machten und uns rücksichtslos unserem Schicksal überließen. Selbstverständlich bereute ich es auch, die Pistole nicht selbst behalten und sowohl den Herren des Wassers als auch den Fahrer erschossen zu haben, die Frau natürlich nicht, denn ich war mir fast sicher, dass sie unschuldig war, und selbst wenn, dann wäre ich doch nicht so ein Schwein gewesen, dass ich eine Frau erschossen hätte. In Wirklichkeit hätte ich es auch nicht geschafft, die beiden anderen umzubringen, solange sie sich nichts hatten zuschulden kommen lassen, wie zum Beispiel die Feldflasche und die Landkarte zu klauen, und selbst dann nicht. Ich bin einfach kein Mörder. Ich bereute es also nur scheinbar, sie nicht umgebracht zu haben, nicht wirklich. Manchmal bringen einen spontane Wutausbrüche dazu, die krassesten Sachen zu denken, nur um sie einmal loszuwerden und zu erkennen, dass man gewisse Dinge einfach nicht tun würde. So sehe ich das zumindest. Als ich in der Dorfkneipe den Schwätzern gedroht habe, wollte ich auch nicht wirklich auf jemanden schießen, eigentlich habe ich in meinem ganzen Leben noch nie irgendwem ein Leid zugefügt. Ehrlich gesagt, habe ich mich in der Dorfkneipe auch gar nicht hingestellt und allen gedroht oder sie beschimpft, keine Ahnung, warum ich da vorhin so übertrieben habe. Vermutlich übertreiben wir alle gerne ein bisschen, wenn wir von unseren Abenteuern erzählen, auch wenn das kindisch und ein bisschen blöde ist. Ich halte mich eigentlich nicht für einen Aufschneider, aber manchmal geht man einfach hin und rühmt sich fälschlicherweise einer Sache, ohne so recht zu wissen, warum. Zugegeben also, in der Dorfkneipe sagte ich eigentlich nicht besonders viel, sondern stand da einfach nur ein bisschen mit meinem Gewehr herum, was so ungewöhnlich nun auch wieder nicht war, da ich gerade von der Jagd kam, mit ein paar Wachteln am Gürtel und einem Kaninchen im Beutel. Ich trank ein Gläschen Wein, dann zahlte ich und ging, in steter Begleitung des boshaften Getuschels der Leute. Und wenn ich die Dorfkneipe dann wirklich nie wieder betrat, so, weil ich mich schämte. Weiß der Himmel, warum da gerade so der Prahlhans mit mir durchgegangen ist, wenn ich das doch weder je war noch je sein wollte. Und aus genau demselben Grund ließ ich auch die drei Figuren hier ihres Weges gehen, mehr aus Angst vor der Pistole des Herren des Wassers als aus irgendeinem anderen Grund. Es hat keinen Sinn, etwas anderes zu behaupten, denn ich bin weder ein krankhafter Lügner noch gut darin, mir selbst etwas vorzumachen. Und wenn ich mich jetzt doch dafür entschuldigen muss, dass ich gerade ein bisschen gelogen habe, dann tue ich das eben. Und damit ist die Sache erledigt.

Durch das ganze Hin und Her in meinem Kopf konnte ich nicht mehr schlafen. Ich befreite mich vorsichtig aus der Umarmung des Kindes und meiner Frau, glitt unter dem schweren Vorhang hervor und sah mir im Sitzen den Sonnenaufgang an. Und wenigstens in dieser Hinsicht war der Herrgott großzügig, denn je mehr die Nacht dem Tage wich, umso deutlicher konnte ich von der überdachten Veranda aus in nicht allzu weiter Entfernung, direkt gegenüber vom Fuß des Berges, eine Glaskuppel erkennen, die im ersten Morgenlicht dermaßen glitzerte, dass man mit Blindheit geschlagen sein müsste, um sie zu übersehen. Ich schätzte noch drei Stunden strammer Fußmarsch, dann wären wir dort. Und so wartete ich nun schon bedeutend ruhiger darauf, dass meine Familie aufwachte, getrieben lediglich von der Aussicht darauf, ihnen zum Frühstück die nahrhafte gute Botschaft übermitteln zu können. Was genau wir in jener neuen Stadt vorfinden würden, wusste ich nicht, aber es war jedenfalls nicht gelogen, dass sie durchsichtig war, und nach zwei Tagen der Entbehrung genoss ich ihren überaus angenehmen Anblick sehr.

Als sie aufgewacht waren, betrachteten sie und der Junge die Kuppel mit ebenso großer Überraschung und ebenso großer Vorfreude. Also machten wir uns unverzüglich auf den Weg.

II

So groß die Durchsichtige Stadt aus der Ferne auch wirkte, in Wirklichkeit war sie noch beträchtlich größer. Auch war, was von Weitem auf unserem Marsch noch wie eine runde Kuppel ausgesehen hatte, aus der Nähe betrachtet eine Anhäufung von gläsernen Rauten, die an einer Ecke im Boden verankert waren und auf eine Weise ineinandergriffen, dass sie eine gigantische Halbkugel bildeten, die als Schutz für die gesamte Stadt diente. Wie man so etwas errichten konnte, entzog sich meiner Kenntnis, denn mir erschien sie, genau wie ihr, die wesentlich belesener war als ich, als das unglaublichste Bauwerk, das wir je gesehen hatten, nicht einmal zu vergleichen mit den großen Bauten und Hochhäusern, die es in der Hauptstadt zu bestaunen gab. Es war also nicht leicht, jemandem, der sie noch nie gesehen hat, zu beschreiben, wie groß und schön sie war, auch die Komplexität des Geschehens unter ihr war schwer in Worte zu fassen, so viele Gebäude, Lagerstätten und Züge und Bahngleise und eine schier unendliche Zahl von Straßen liefen unter ihr her, und alles war aus Glas oder jedenfalls irgendeinem durchsichtigen Material. Aus Glas glaube ich eigentlich nicht, denn dann wäre sie sicher unter ihrem eigenen Gewicht zusammengebrochen, und doch, ohne Kenntnisse in Architektur oder in all den exakten Wissenschaften, die so eine riesige, leuchtende Stadt zusammenhalten, finde ich keinen besseren Weg, sie zu beschreiben.

Alles leuchtete durch alles andere hindurch, hinter einem Gebäudekomplex sah man bereits den nächsten und den dahinter, und alles verschwamm ineinander und wirkte dabei doch zugleich sauber und ordentlich, und in der ganzen Stadt gab es, wie es den Anschein hatte, nicht einen einzigen Schatten oder einen Winkel oder irgendeinen Ort, an den kein Licht drang. Und so wie die schützende Kuppel aus lauter Rauten bestand, setzte sich auch unter der Kuppel alles aus lauter durchsichtigen Rauten zusammen, wie eine Bienenwabe in einer Bienenwabe, die sich in einer Bienenwabe befand, und in all diesem gleißenden Licht wirkten die Menschen genau wie fleißige Bienen, die je nach Aufgabe hierhin und dorthin liefen. Eine breite Prachtstraße mit sechs Spuren führte in die Stadt hinein, aber auf dieser Straße war kaum Betrieb, sodass man hätte denken können, aus der Stadt bewegte sich niemand hinaus noch bewegte sich allzu viel in sie hinein. Ich fragte mich, wie so viele Menschen ohne Lebensmittellieferungen überhaupt versorgt werden konnten, ohne den Warenverkehr, der in allen Städten und Häfen und bis in die kleinsten Dörfer hinein stattfindet, und ob es wohl möglich sein könnte, dass alles, was man zum Leben brauchte, dort drinnen bereits vorhanden wäre. Es waren auch keine Flughäfen oder Züge zu erkennen, die ein- oder ausfuhren, nur der Verkehr unterhalb der Kuppel, betriebsam wie ein Ameisennest, das ebenfalls aus sich selbst heraus und ohne Hilfe von außen entstanden ist, wenn man einen Stein hochhebt und es darunter findet. Die einzigen Passanten auf der Prachtstraße waren wir, und während der guten Stunde, die wir für den Weg in die Stadt hinein benötigten, begegneten wir keiner Menschenseele und sahen weder Fahrzeuge in die Durchsichtige Stadt hineinfahren noch welche herauskommen. Der Junge sagte wie üblich nichts, aber ich konnte förmlich dabei zusehen, wie seine Augen vor Begeisterung immer stärker leuchteten, je näher wir unserem Ziel kamen. Und

84 |

das, wo er in Anbetracht seiner Jugend noch gar nicht wissen konnte, was für eine fabelhafte Sache das alles hier war. In der Unschuld seiner jungen Jahre würde der Ärmste womöglich denken, es gäbe etliche Städte wie diese auf der Welt. Wir dagegen wussten, dass dies nicht der Fall war, dass nicht einmal in Büchern Bilder von etwas Ähnlichem zu finden waren, weder im Ausland noch auf dem Mond oder irgendeinem anderen, fremden Planeten. Nicht einmal Augenzeugenberichte gab es von Reisenden, die Kunde gegeben hätten von einer ähnlich lichtdurchströmten, großen und prächtigen Stadt.

Da der untere Abschluss der Stadt aus den Spitzen von Tausenden durchsichtiger Rauten bestand, war sie nach unten hin offen, und es wirkte nicht, als wäre sie befestigt oder würde von irgendwelchen bewaffneten Wärtern bewacht. Am Haupteingang – jedenfalls hielten wir es dafür, denn die einzige befestigte Straße führte genau zu dieser Stelle – gab es allerdings einen Grenzposten, an dem zwei uniformierte Polizeibeamte standen, die unsere Papiere sehen wollten. Wir überreichten sie ihnen gerne, und nach aufmerksamer Betrachtung und Prüfung der offiziellen Stempel wurden wir begrüßt mit einem förmlichen, aber hoffnungsfrohen: Willkommen in der Durchsichtigen Stadt.

Wäre der Junge nicht gewesen, ich hätte das einzige schreckliche Detail bei der Einreise in die Stadt glatt übersehen. Denn es war Julio, der auf die Körper des Herren des Wassers und seiner Gattin zeigte, die direkt hinter der Grenzkontrolle kopfüber an einem Pfosten hingen, oder besser gesagt in einer gläsernen Säule, wie zwei unheimliche Früchte.

Es war vollkommen klar, dass sie tot waren, und auf ihrem Oberkörper war ein Pappschild befestigt, auf dem mit handgemalten Lettern VERRÄTER stand.

Sie hielt sich und dem Jungen entsetzt die Augen zu. Ich starrte verblüfft ins Leere und wusste nicht so recht, was ich dazu sagen sollte. Ich hatte zwar nicht sehr viel übrig für den Mann, und dafür hatte ich ja auch meine guten Gründe, aber bei seinem Anblick wurde mir klar, was für Sitten in der neuen Welt herrschen mussten, und zu ihr und dem Jungen sagte ich, dass wir am besten ziemlich vorsichtig wären, bis wir in Erfahrung gebracht hätten, welches Recht in der Durchsichtigen Stadt galt.

Nachdem wir die Schwelle überschritten hatten, wurden wir zwar mit äußerster Zuvorkommenheit behandelt, aber auch mit einer gewissen kühlen Reserviertheit. Doch alle unsere existenziellen Bedürfnisse wurden eines nach dem anderen rundherum befriedigt. Nachdem sie unsere Papiere ein weiteres Mal überprüft und gestempelt hatten, brachten sie uns zu Fuß in eine Art Zeltlager für Flüchtlinge, wo sich viele weitere Menschen wie wir befanden, Neuankömmlinge, übel zugerichtet und ausgehungert. Es waren zwar Zelte, aber sie sahen nicht aus wie welche, denn statt aus Segeltuch, wie die Zelte, die ich bisher zu Gesicht bekommen hatte, bestanden diese hier aus einem makellosen durchsichtigen Material, fester und zugleich durchsichtiger als gewebter Stoff, und so war alles, was sich in den Zelten befand, deutlich sichtbar, sogar die Duschen, sodass wir uns heftig schämten, auch wegen des Jungen, denn wo sieht man schon auf einen Schlag plötzlich so viele nackte Männer und Frauen. Schamgefühle spielten hier anscheinend keine besonders große Rolle, daran würden wir uns wohl gewöhnen müssen. Ist der Ruf erst ruiniert, lebt sichs völlig ungeniert, wie meine selige Mutter zu sagen pflegte.

Bevor wir selber unter die Dusche mussten, bekamen wir jede Menge Wasser zu trinken, außerdem Obst, Brot und

Wurstwaren, alles serviert auf kleinen Tellern, sodass wir unseren Hunger stillen konnten, ohne uns zu überfressen. Dazu etwas Schokolade, um die Energiereserven aufzustocken, und sogar heißen Kaffee, den wir auf unserem Marsch schmerzlich vermisst hatten. Sie redeten nur sehr wenig mit uns, so wenig, dass ich mich allmählich zu fragen begann, ob die anderen alle Ausländer waren, aber einer von denen, die beim Essen mit uns am Tisch saßen, sagte Nein, das wären die Letzten der Unseren. Das mit den Letzten der Unseren habe ich selbst erst später verstanden, als ich im Vorerziehungsunterricht davon hörte. Wir wurden auch die letzten Verdächtigen genannt, und zwar weil anscheinend, so wurde jedenfalls behauptet, außerhalb der Stadt alle Frieden geschlossen und sich verbündet hätten, während hier drin jeder, der die Sachen nicht so machte, wie ihm gesagt wurde, als potenzieller Feind betrachtet würde und Gefahr lief, kopfüber eine der Glassäulen am Eingang zu zieren. Über schlechte Gerüche oder Fäulnis dagegen brauchten wir uns keine Gedanken zu machen, angeblich hatten sie ein System, mit dem in der gesamten Stadt niemand anfangen würde zu stinken, weder die Lebenden noch die Toten. Sie nannten das Kristallisation. Das war etwas, dem man bei bereits der ersten Dusche unterzogen wurde. Und tatsächlich nahm man nachher weder an seinem eigenen Körper noch am Körper eines anderen irgendeinen Geruch wahr. So dicht wir auch unsere Nasen an die Haut des anderen hielten, weder meine Frau noch ich konnten jetzt noch irgendeinen spezifischen Geruch an uns feststellen, was zwar ganz bestimmt von äußerster Sauberkeit zeugte, zugleich aber auch wirklich seltsam war, denn die eigene Frau riecht wie nichts auf dieser Welt, und jeder ist an seinen eigenen Geruch und an den des Menschen, den er liebt, so sehr gewöhnt, dass man sich gar nicht vorstellen kann, wie merkwürdig es sich anfühlt, wenn man den eigenen Geruch weggenommen bekommt. Es sei denn, man erlebt es selbst.

Alles in der Stadt war kristallisiert, nichts hatte einen Geruch, auch geschwitzt und geweint wurde nicht, außer Urin verließ keine Flüssigkeit mehr den Körper, und selbst der Urin roch nach nichts, was allerdings ein dankenswertes Detail war, in Anbetracht der Tatsache, dass ich in der Fabrik für Recycling und Destillation von Körpersäften tätig sein würde. Anders ausgedrückt: Meine Arbeit würde vorrangig darin bestehen, mich mit Urin und Fäkalien zu beschäftigen, die allerdings ebenfalls geruchsfrei waren, wofür man dem Wissenschaftler, der an dieses kleine Detail gedacht hatte, einen der wichtigsten Preise der Welt verleihen sollte, denn Fäkalien ohne Geruch erscheinen einem bei der Arbeit nach kurzer Zeit so vertraut und unbedenklich wie Lehm.

Aber eins nach dem anderen. Diese verflixte Durchsichtige Stadt hielt am Ende nämlich noch so viele Überraschungen für uns bereit, dass ich vor lauter Wald die Bäume gar nicht mehr sehe. Nachdem wir vollständig kristallisiert aus der Dusche gestiegen waren, bekamen wir saubere Kleidung. Nicht etwa eine Uniform, sondern ein ganz gewöhnliches Hemd und eine leichte Hose. Sogar die Farbe durften wir uns aussuchen. Die Größe war kein Problem, und von der Menge her gab es genügend, um eine ganze Armee damit auszustatten, allerdings eine Armee von Zivilisten. Es war alles sehr leichte Kleidung, aus Leinen und Baumwolle, keine Wolle, kein Leder, denn die Temperaturen waren gleichmäßig und angenehm und wurden kontinuierlich überwacht, sodass es weder zu kalt noch zu warm wurde. Sogar eine ganz leichte, überaus angenehme geruchslose Brise spürte man auf der Haut.

Alles in der Stadt war perfekt, und alles war unter Kontrolle, zumindest auf den ersten Blick. Allerdings ist es immer besser, die Augen offen zu halten, denn nirgends, wo man hinkommt, läuft wirklich alles perfekt, und man sollte dem lieben Gott dafür danken, dass dem so ist. Aber vielleicht liegt das ja auch an mir. Ich war schon immer ziemlich misstrauisch, vielleicht sogar ängstlich, das hat sie mir immer wieder unter die Nase gerieben.

Unser erstes Zuhause, wenn man es denn so nennen konnte, war das Flüchtlingslager. Wir verbrachten die ersten beiden Nächte dort, einigermaßen ordentlich untergebracht, in relativ bequemen Einzelbetten, die in Zehnerreihen in einem großen Schlafsaal standen. Man musste sich allerdings daran gewöhnen, dass man hier nicht mehr in den Armen des anderen einschlafen konnte, denn das taten wir sonst eigentlich immer. Außerdem waren da noch die lästigen Schlafmasken, genauso beständig wie das Wetter war nämlich hier auch das Tageslicht: In der Durchsichtigen Stadt wurde es niemals dunkel. Ich bin zwar kein Arzt, aber so viel weiß ich gerade noch, dass ich mir vorstellen kann, wie schlecht das für die Rübe sein muss, und so gewöhnt, wie wir alle an den Ablauf von Tag und Nacht sind, war ich mir ziemlich sicher, dass die Sache ein böses Ende nehmen würde. Ich fragte mich deshalb, wieso sie das wohl taten und ob sie uns vielleicht alle in den Wahnsinn treiben wollten, was allerdings nicht wirklich einen Sinn ergab, da sie uns andererseits sehr gut versorgten, als ob ihnen wirklich etwas an unserem Wohlbefinden läge.

Der Junge hatte nicht die geringsten Probleme mit der Nachtmaske und schlief tief und fest wie immer. Nur sie und ich hatten anfänglich in diesen nachtlosen Nächten ohne Umarmung ein bisschen Schwierigkeiten einzuschlafen, aber sie beruhigte mich, indem sie mir sagte, wir würden uns sicher noch daran gewöhnen, denn am Ende gewöhnte man sich schließlich an alles, besonders dann, wenn man keine andere Wahl hatte. Freunde fanden wir keine im Auffanglager, aber mit einigen der Landarbeiter, die mit dem dritten Bus unseres Konvois ein bisschen früher als wir angekommen waren, wechselten wir immerhin ein paar Worte. Sie waren genauso verwirrt wie wir und warteten ab, was nun auf sie zukam, ohne zu murren oder sonderlich begeistert zu sein. Da alles irgendwie neu und ungewohnt war, wusste man nicht so recht, was man davon halten sollte. Man konnte sich vorstellen, dass an einem solch organisierten Ort für alles gesorgt wäre. Und es kam uns unangemessen vor, uns über etwas zu beschweren, das wir noch gar nicht kannten. Außerdem war in diesem Auffanglager meiner Meinung nach jeder, und ganz besonders sie und ich, ein bisschen vorsichtig und zog es vor, keine voreiligen Schlüsse zu ziehen.

Ansonsten hatten wir ausreichend Gelegenheit, uns mit uns selbst zu beschäftigen, ein bisschen zu plaudern und uns zu bewegen und mit dem Jungen zu spielen, während wir den Prozess der Kristallisation abschlossen, der einer Art Quarantäne gleichkam. Etwas anderes gab es ja auch nicht zu tun, solange wir hier eingesperrt waren. Damit wir uns nicht langweilten, gaben sie uns etwas zu lesen. Keine Tageszeitungen oder Zeitschriften, aber dafür jede Menge Bücher, außer Romanen auch technische Handbücher, wissenschaftliche Publikationen, medizinische Fachbücher, Bücher über Ingenieurswesen oder übers Gärtnern. Es war für jeden etwas dabei, ganz nach Gusto. Sie entschied sich für ein Buch über Piraten, das wir früher in unserem Regal stehen hatten, »Die Schatzinsel«, und eine Bibel. Ich bin kein großer Leser, aber irgendwann suchte ich mir einen großen Tieratlas heraus, mit tollen Zeichnungen von allen möglichen Tieren der Welt, denn damit konnte ich auch den Jungen ein bisschen beschäftigen. Was verbrachte Julio nicht für schöne Stunden mit diesem Atlas, er wurde einfach nicht müde, ihn durchzublättern, und kaum drückte man ihm Papier und Buntstifte in die Hand, fing er auch schon an, der Reihe nach alle Tiere aus dem Atlas zu zeichnen. Er stellte sich ziemlich gut dabei an, und die Wärter beklatschten seine Zeichnungen ausgiebig, und so hatte sich der Bursche schon nach zwei Tagen mehr Aufmerksamkeit und Zuwendung unter denen erworben, die uns versorgten, als sie oder ich oder alle anderen Insassen des Schlaflagers zusammen. Ehrlich gesagt, war er das einzige Kind in unserer Gruppe, und wir freuten uns sehr für ihn. Als wir das Lager verließen, sagten sie uns, wir könnten die Bücher behalten, und da bekam Julio ganz riesige Augen vor lauter Freude, denn ihm fehlten noch Tausende von Tieren oder mehr, und so fragte ich mich, ob er sie wohl alle noch zeichnen würde, denn manchmal begeistern sich Kinder eine Zeit lang für etwas, aber nachher lassen sie es dann fallen. Doch das traf hier nicht zu. Der Atlas lehrte uns, dass unser Junge, denn inzwischen war er ganz und gar unserer geworden, unglaublich ausdauernd und fleißig war, wenn ihn etwas wirklich interessierte. Sie und ich waren hocherfreut, als wir merkten, dass unser Julio Talent hatte und beharrlich war, denn egal wie sich das Leben in dieser Stadt am Ende auch darstellte, das würde ihm sicher eine große Hilfe sein. Für die Kristallisation duschten wir dreimal täglich, dadurch war ich schon nach zwei Tagen öfter klitschnass als früher in einer ganzen Woche, denn ich war immer eher der Typ, der nur alle zwei Tage ein Bad nahm. Ganz anders als sie, sie hat nämlich jeden Tag gebadet. Julio bekam eine Wasserpistole, damit er sich bei der ganzen Duscherei nicht langweilte, und er hatte seinen Spaß dabei, uns allen den Hintern nass zu spritzen, und wenn ich sage uns allen, dann meine ich damit auch alle, denn sämtliche Insassen des Schlaflagers duschten zusammen, Männer, Frauen und Kinder, obwohl, es gab ja wie gesagt nur dieses eine Kind, nämlich unseres. Anfangs ist es ein bisschen komisch, so viele fremde Leute, die man kaum kennt, im Adamskostüm zu sehen, aber schon nach der dritten Dusche hat man sich daran gewöhnt. Wir sind schließlich alle aus demselben Stoff gemacht, nur ist es bei dem einen ein bisschen mehr als bei dem anderen. Da alle Wände in der Stadt durchsichtig waren und es immerzu taghell war, erschien es übrigens völlig sinnlos, pausenlos über Dinge wie Schamgefühl oder Peinlichkeiten nachzudenken.

Es ging uns im Auffanglager keinesfalls schlecht, aber wir freuten uns dann doch sehr, als wir schließlich unser neues Haus zugeteilt bekamen. Das ist ganz logisch und leicht nachvollziehbar für jeden, der ganz allgemein eine Vorliebe für eigene Dinge hat.

Ein eigenes Haus war es natürlich nicht, nur eine kleine Wohnung, in einem von Hunderten durchsichtiger Wohnblöcke. Sie hatte eine Küche, ein Bad, ein Schlafzimmer und ein Wohnzimmer für drei Personen, mit drei Ohrensesseln, einen für jeden, einem Sofa und einem Tisch, der gerade groß genug war, dass alle daran essen konnten. Alles schön sauber, denn um die Sauberkeit kümmerte sich die Stadt, und, wie ich ja bereits sagte, durchsichtig, sodass man stets alle Nachbarn sehen konnte, egal ob man nach oben, nach unten oder zur Seite blickte. Was zwar ein bisschen seltsam war, aber auch ziemlich unterhaltsam. Zumindest anfangs, denn schließlich tun wir Menschen ja doch alle immer wieder ein und dasselbe. Weshalb ich annahm, dass es am Ende genauso langweilig und zur Gewohnheit werden würde, wie sich selbst täglich im Spiegel zu sehen. Fernseher gab es keine, weder in unserer noch in einer der anderen Wohnungen. Auch kein Radio oder sonst irgendeine Lärmquelle, allerdings vermutlich nicht wegen des Lärms, denn die Wände schienen, auch wenn sie noch so dünn wirkten, perfekt schallisoliert zu sein, und obwohl alles sichtbar war, war nicht ein Mucks zu hören. Also herrschte zumindest für das gesprochene Wort eine gewisse Intimität, wenn schon für alles andere nicht. Denn alles andere, wirklich alles andere, hatte man für alle anderen sichtbar zu tun. Man kann sich vielleicht vorstellen, dass es schwerfällt, sich unter diesen Umständen zu konzentrieren, ganz besonders, wenn man zum ersten Mal sein Geschäft verrichtet, da die Scheiße in durchsichtigen Röhren kreuz und quer durch das Gebäude rutscht, was doch ausgesprochen bizarr war, egal wie viel Freude der Junge daran auch haben mochte. Dafür stinkt sie nicht, und alle sind glücklich. In der Welt, in der wir vorher lebten, war die Scheiße nicht so oft zu sehen, aber dafür stank sie wesentlich stärker. Ich weiß schon, ich halte mich ein bisschen zu sehr mit solchen Details auf, die vielleicht gar nicht so wichtig sind und sogar ein bisschen vulgär klingen. Aber ich sagte es ja bereits, am Ende wurde es zu meinem Job, und da ist es vielleicht auch ein bisschen verständlich, wenn solche Dinge in meiner Erinnerung einen gewissen Stellenwert einnehmen.

Mein Job wurde mir zur selben Zeit wie die Wohnung zugeteilt, und ich bekam auch gleich den Hinweis, wo ich mich zu melden hätte, damit ich sofort anfangen könnte. Noch am selben Nachmittag brachten sie mich direkt nach dem Mittagessen, das sie stets in dem gläsernen Kühlschrank bereitstellten, in die Fabrik für Recycling und Destillation von Körpersäften. Nicht dass sie mich seitdem jeden Tag am Händchen genommen und zur Arbeit gebracht hätten, aber da ich mich in der Stadt noch nicht auskannte, begleitete mich beim ersten Mal eine äußerst sympathische Dame an meinen Arbeitsplatz, die mir alles geduldig erklärte und mir dann einen Stadtplan überreichte, damit ich ab jetzt meinen Weg ganz alleine finden könnte. Der Stadtplan war völlig überflüssig, denn die Stadt war perfekt organisiert und ausgeschildert. Außerdem war sie in rechten Winkeln angelegt, man musste also schon ziemlich dämlich sein, um sich zu verlaufen, und dämlich war ich nun wirklich mein ganzes Leben lang noch nie gewesen. Hier, in der Stadt, erklärte mir die Dame, arbeitete keiner weit weg von seinem Block. Alles andere wäre Zeitverschwendung, was ich meinerseits wirklich ausgesprochen nachvollziehbar fand.

Wie nicht anders zu erwarten, begann meine Karriere weit unten, ganz weit unten, im weißen Keller. So nannten sie den Ort, an dem die ganze Scheiße der Stadt landete. Besagter Keller war riesig, und es fuhren lauter Traktoren darin herum, die aneinandergehängte Container zogen, in denen sich rechteckige gläserne Kisten befanden, die an Särge erinnerten und voller Kot waren, sodass diese Züge von Weitem aussahen wie Riesenwürmer aus Scheiße. Ich bekam einen Blaumann, der mir wie angegossen passte, und dann erklärten sie mir meine Aufgabe. Mein Job war, schlicht und ergreifend, einen solchen Traktor zu lenken, der sich kaum von denen unterschied, die wir auf dem Gut verwendet hatten, und damit einen der Riesenwürmer von einem Tor zum anderen zu ziehen. Das erste Tor befand sich an der Sammel- und Packstation für Exkremente, während das zweite, das am anderen Ende des weißen Kellers lag, in die Recyclinganlage führte. Dort entluden andere Arbeiter die Container, um wer weiß was mit dem Kot zu machen, ihnen zufolge etwas ganz Großartiges, denn die Scheiße, die ich anschleppte, verwandelten sie auf eine Art und Weise, die sich meiner Kenntnis entzog, in Dünger, Brennstoffe und Baumaterialien aller Art. Anscheinend war all das, was aussah wie Glas, in Wirklichkeit Polycarbonat, das auf natürlichem Wege aus reiner Scheiße gewonnen wurde. In einem ganz ähnlichen Keller wurde auch Urin destilliert und zu Trinkwasser verarbeitet. Ein bisschen eklig war der Gedanke zwar schon, aber natürlich auch durchaus einleuchtend und praktisch, denn auf diese Art versorgte sich die Stadt quasi selbst, und es ging buchstäblich weder ein einziger Tropfen verloren, noch blieb auch nur der letzte Rest Abfall ungenutzt. Erwähnen sollte ich vielleicht noch, dass das Wasser aus den Leitungen dieser Stadt schmeckte, als käme es direkt aus einem Bergbach, und kaum hatte man einen Schluck von diesem sauberen, reinen und frischen Wasser getrunken, vergaß man sämtliche Sorgen, und aller Durst war gestillt.

Ich erhielt also die grundlegenden Anweisungen und machte mich unverzüglich ans Werk. Dabei fragte ich weder nach dem Gehalt noch nach irgendwelchen Urlaubstagen oder solchen Sachen, denn an einem so modernen und wissenschaftlich ausgereiften Ort war all das sicher bereits bestens bedacht worden. Wenn man sah, was diese Leute alles mit Scheiße und Urin anstellten, was würden diese netten Menschen dann erst mit anderen Dingen anstellen können.

Da für Essen und Kleidung gesorgt war und man die Bücher umsonst bekam, war es gut möglich, dass es in der ganzen Stadt auch überhaupt gar kein Geld gab. Läden, in denen man etwas hätte kaufen können, hatte ich jedenfalls noch keine gesehen. Was an sich gar keine so schlechte Idee ist, denn dann entwickelt sich weniger Neid und Ehrgeiz, und man ist nicht so versucht, von oben auf andere herabzublicken. Je mehr Zeit ich in der Durchsichtigen Stadt verbrachte und je mehr Dinge ich entdeckte, umso mehr gelangte ich zu der Überzeugung, dass all das hier wirklich perfekt organisiert war. Und sosehr man sich auch oft schwertun mag, lieb gewordene Angewohnheiten abzulegen, so fand ich doch auch keinen ernsthaften Grund zur Klage. Ob mir mein Job hier besser gefällt oder schlechter oder die Wohnung, die ich zugeteilt bekommen habe, das alles spielt überhaupt keine Rolle und ebenso wenig, ob ich es gut finde, dass meine Frau nicht mehr so riecht, wie sie vorher gerochen hat, denn in einer solchen Situation ist es meines Erachtens das Beste, man passt sich, so schnell es geht, an und lässt sich nach Möglichkeit nicht auf irgendwelche Auseinandersetzungen ein. Die Arbeit war nicht sehr hart, man konnte zum Essen Pause machen, und es blieb sogar genügend Zeit für einen Plausch mit den Kollegen. So hatte ich bereits kurz nach meiner Ankunft an meinem neuen Arbeitsplatz beschlossen, sie zu nennen. Außerdem behandelte ich sie alle immer schön freundlich, um klarzustellen, dass ich weder Schwierigkeiten machen noch Streit anfangen würde und dass ich gerne bereit war, mich überall einzufügen. Kaum hatte ich ein bisschen mit ihnen geredet, wurde mir klar, dass wir uns alle mehr oder weniger in derselben Situation befanden, denn jeder von uns war aus irgendeinem Teil des Landes evakuiert worden, und wir wussten allesamt nichts über den aktuellen Stand des Kriegs, denn wir bekamen keinerlei Informationen darüber. Ich konnte nicht aus meiner Haut, mich interessierte einfach, was sie so alles aufgeschnappt hatten, bevor sie in die Stadt gekommen waren. Schließlich waren meine beiden Jungs noch immer an der Front, und mir war keineswegs klar, wie zum Teufel wir die beiden finden sollten oder ob sie ihrerseits wohl uns irgendwie ausfindig machen könnten. Einer sagte mir, das Letzte, was er gehört hätte, wäre, dass der Krieg ein für alle Mal vorbei wäre und dass nicht wir ihn gewonnen hätten und dass seiner Ansicht nach unsere Soldaten alle entweder in Gefangenschaft waren oder tot. Ich erzählte ihnen, dass ich wenige Kilometer von hier Soldaten gesehen hätte, aber darauf erwiderten sie, dass das wohl feindliche Soldaten gewesen sein müssten, worauf ich antwortete, das könnte nicht sein, denn sie sprachen unsere Sprache. Und darauf entgegnete mir ein anderer, dass viele unserer Leute die Seiten gewechselt hätten und jetzt nicht mehr unsere Leute wären, sondern Feinde. Gesicherte Erkenntnisse darüber, ob meine Kinder nun tot, gefangen oder, so wie die, die wir getroffen hatten, Feinde waren, erhielt ich auf diese Weise keine. Allerdings wären es im rechten Licht betrachtet, jetzt, wo der Krieg doch endlich vorbei war, vielleicht schon gar keine echten Feinde mehr. So richtig hatte ich diesen ganzen Krieg sowieso von Anfang an nicht verstanden. Ich wusste weder, weshalb er ausgebrochen war, noch, worum es dabei eigentlich ging. Und so ließ ich dieses kleine mittägliche Gespräch hinter mir, ohne so recht zu wissen, ob ich mir jetzt mehr Sorgen machen musste um Augusto und Pablo oder weniger. Für alle Fälle betete ich zu Gott, dass es ihnen gut gehen und sie noch am Leben sein mögen. Und lange dachte ich darüber nach, ob ich das Gehörte mit ihr besprechen sollte, denn ich wollte auf keinen Fall, dass sie sich Sorgen machte. Wenn die Übergangsregierung, die wir für unsere eigene hielten, in Wirklichkeit die des Feindes war und wir gar nicht mehr wir selbst waren, sondern vielmehr ein Teil von ihnen, würde man wohl etwas genauer prüfen müssen, wer dann die Kinder, die wir gemeinsam hatten, überhaupt noch sein würden, für wen sie dann kämpften oder ob sie überhaupt noch kämpften oder auf welcher Seite sie jetzt stünden. Jedenfalls kam mir das alles sehr verworren vor, wie etwas, das wir irgendwann einmal in Ruhe besprechen müssten, wenn wir ein bisschen mehr über die ganze Angelegenheit wussten. Beschwerden einreichen oder Informationen über unsere Jungen einholen könnten wir im Rahmen des Möglichen immer noch dann, wenn wir eine etwas genauere Vorstellung davon hätten, welche Regierung eigentlich jetzt für uns zuständig wäre. Natürlich ohne jemanden über Gebühr zu belästigen, denn am Beispiel der

Herren des Wassers hatten wir ja bereits gesehen, wie die Leute hier mit Andersdenkenden verfuhren.

Es verbreitete sich übrigens das Gerücht, dass die Herren des Wassers die ganze Zeit über ihre Pulsationen hatten weiterlaufen lassen und gelegentlich über WRIST Ortungssignale über den Verbleib unserer Gruppe gesendet hatten und dass sie mit dem klaren Vorsatz, Spionage zu betreiben, in die Durchsichtige Stadt gekommen waren, um dabei möglichst auch noch Zellen des Widerstands zu bilden. Und dass dies und nichts anderes der wahre Grund dafür war, dass man sie mit dem Kopf nach unten aufgehängt hatte. Denn in einer Stadt, in der man alles sieht, ist das Einzige, was wirklich verboten ist, sich zu verstecken und zu spionieren, denn wozu sollte das gut sein, wenn man doch bereits alles sehen konnte und alle Absichten klar und deutlich auf der Hand lagen. Ob ich das alles wirklich glauben sollte, wusste ich nicht so recht, aber selbstverständlich hielt ich es für keine besonders gute Idee, überall aufzutauchen und jede Menge dumme Fragen zu stellen. Aber das sagte ich ja bereits.

Sehr zu meinem Unwillen musste ich meine Nachforschungen zu unseren Jungen an der Front einstellen, kaum war die Mittagspause beendet, denn meine Arbeitskollegen hatten sich für ihren neuen Mitarbeiter einen Streich ausgedacht, der darin bestand, mich auf dem Weg zurück zu meinem Traktor mit Bällen aus geruchsloser Scheiße zu bewerfen. Dabei lachten sie wie die Irren, sodass ich am Ende selber mitlachen musste und selbst ein paar beeindruckende Treffer landete. Und wäre es nicht gerade Scheiße gewesen, ich hätte gedacht, wir würden eine Schneeballschlacht veranstalten, wie Kinder. Kurz darauf kam ein Aufseher, und da ließen wir dann alle den Unsinn sein und kehrten zurück an unseren Arbeitsplatz. Der Aufseher nahm es nicht krumm, er sagte mir, so ein Spaß wäre bei Neulingen üblich, so würde man sich besser kennenlernen und ein bisschen die Scheu voreinander verlieren, Bindungen aufbauen und lernen, behutsamer miteinander umzugehen. Ohne den emotionalen Faktor könnte die Arbeit einem schon mal recht monoton erscheinen, langweilig und schier endlos, und ansonsten wären im weißen Keller die Kollegen eigentlich sehr nett, und ich sollte mir keine Sorgen machen, nach einer solchen Taufe wäre ich auch schon einer von ihnen. Und damit wäre es vorbei mit den bösen Streichen, und es würde allenthalben großer Respekt herrschen, und man würde mir helfen, wo es nur ginge, und wenn, dann gäbe es höchstens noch ein paar nett gemeinte Frotzeleien, die keinem wehtäten, so etwas käme im Arbeitsalltag natürlich immer mal wieder vor.

Mir selbst hätte der kleine Streich kaum weniger ausmachen können, sogar ein bisschen Spaß hatte die Sache gemacht, und so schien es mir am Ende fast, als würde der Aufseher es mit seiner Höflichkeit und den ganzen gut gemeinten Ratschlägen ein bisschen übertreiben. Schließlich kommt so etwas schon mal vor unter Männern und Frauen, die gemeinsam im Schweiße ihres Angesichts arbeiten, auch wenn der Schweiß nach nichts riecht. Aber der Aufseher war ganz schön eingebildet und irgendwie ein ziemlicher Erklärbär. Dabei allerdings zugegebenermaßen äußerst korrekt und anständig.

Als Feierabend war, parkte ich meinen Traktor in der Garage neben den ganzen anderen Traktoren, es waren bestimmt an die zweihundert, und ging mit meinen Kollegen unter die Dusche. Dort spülten wir dann die Reste der Scheiße ab, die zwar nach nichts roch, aber trotzdem genauso Flecken hinterließ wie die andere. Und schon waren wir wieder frisch und sauber und kristallisiert.

Während ich mit dem Lauf der Dinge zufrieden war, zeigte sie sich begeistert. Allerdings war ihr Job auch ein bisschen besser als meiner. Aber damit hatte ich bereits gerechnet, da sie eine bessere Erziehung, mehr Fantasie und eine größere Begabung besaß als ich.

Sie vertrauten ihr nichts Geringeres an als eine komplette Abteilung der öffentlichen Leihbücherei, was das Beste war, was ihr passieren konnte, wenn man bedachte, dass Bücher ihre große Leidenschaft waren. Schon als Kind hatte sie von einem solchen Leben geträumt, umgeben von Büchern, voller wahrer und erfundener Geschichten, voller Wissen und Gedanken, voll mit alldem, was man in Büchern so finden kann, um etwas zu lernen und Freude daran zu haben. Aber der Fluch ihres Lebens wollte es, dass sie stets mit den weltlichen Angelegenheiten ihres Landguts beschäftigt war, mit dem Bestellen der Felder und der Viehzucht. Sie sagte mir, dass ich ihr bei alledem eine große Hilfe gewesen sei, sie nun aber endlich tun könne, was ihr wirklich Spaß mache und wozu sie geboren sei. Ich fand es ganz wunderbar, sie so zufrieden und glücklich zu sehen, auch wenn ich mir darüber so meine Gedanken machte, wenn auch sehr kleinkarierte, nämlich die, dass ich ihr bei all der Freude, die sie an ihrem neuen Leben inmitten von Büchern fand, von keinem großen Nutzen mehr wäre. Aber sie beruhigte mich wie immer sofort, kaum dass sie meine Sorgen bemerkte, und ließ mich wissen, dass sie alles Neue, was sie nun lernte, gerne mit mir teilen würde und dass ich immer noch für sie da sein könnte, mit meiner Fürsorglichkeit und meiner Wärme, auch wenn es kein Landgut mehr gäbe oder Felder, die es zu bestellen galt. Denn immer, ihr ganzes Leben lang, würde sie mich brauchen, und wenn die Jungen eines Tages wiederkehrten, würde ich für sie alle, für Augusto, für Pablo und Julio und sie selbst sorgen müssen und der Familie als Leuchtturm und Anführer vorstehen. Das mit dem Leuchtturm und dem Anführer gefiel mir ganz besonders gut, denn jeder Mann mag es, wenn man bei den wichtigen Dingen im Leben auf ihn zählt, und so beschloss ich, ihr von den schlimmen Zweifeln, die ich über das Schicksal unserer Kinder an der Front hegte, nichts zu erzählen und dieses Gespräch zurückzustellen, bis wir uns besser eingelebt hätten und nicht Tag für Tag neue Überraschungen erlebten.

Nachdem sie mit ihrem Job zufrieden war und ich mich mit meinem abgefunden hatte und wir uns, was Neuigkeiten über unsere Jungen im Krieg und den Krieg selbst anging, in Wartestellung befanden, galt meine einzige Sorge nunmehr dem Anliegen herauszufinden, welche Pläne sie für Julio hatten, und sicherzustellen, dass auch für ihn gut gesorgt war und dass man sich um ihn kümmerte. Und in dieser Hinsicht muss ich wirklich sagen, dass uns die Leute aus der Durchsichtigen Stadt oder ihre Regierung oder wer auch immer mit ihrer Weitsicht und Effizienz wirklich überraschten. Wenn schon für uns Erwachsene bestens gesorgt war, so wurden die Kinder ganz ausgezeichnet behandelt, sie waren sozusagen die Prinzen und Prinzessinnen der Stadt oder, wie sie es nicht ganz ohne Grund ausdrückten, denn ohne Grund sagten diese Leute rein gar nichts: die wahren Versprechen der Zukunft. Wenn er fürs Erste zu Hause bleiben musste, dann nur, damit er sich gut von der anstrengenden Reise erholte und damit ihn all das Neue

102 |

und Gute, das auf ihn wartete, nicht gleich zu Beginn in Angst und Schrecken versetzte. Aber schon bald würde die Schule beginnen, teilte man uns mit, denn die Erziehung sei das Wichtigste für ein Kind, und sie dulde keinen Aufschub. An diesem Tag würde man uns beide von der Arbeit freistellen, damit wir ihn begleiten und uns alles gut erklären lassen konnten. Wir saßen also alle drei in großer Vorfreude gemeinsam bei unserem ersten Abendessen in unserer eigenen Wohnung in der neuen Stadt. Der gläserne Kühlschrank enthielt alles, was wir über den Tag so brauchten, Frühstück, Mittag und Abendessen, außerdem einen Snack für den Jungen, denn wir bekamen unseren Snack bei der Arbeit. Darüber hinaus enthielt er nichts. Das Essen war den Bedürfnissen eines jedes Einzelnen angepasst, je nach Alter, Gewicht und Art der Arbeit bekam man das, was einem zustand, nicht mehr und nicht weniger. Nicht weil sie uns damit schikanieren wollten, sondern weil es das Gesündeste war. Hier aß nicht jeder einfach Sachen, die ihm gar nicht bekamen, ganz im Gegenteil, man stellte uns einen geeigneten Ernährungsplan zusammen und bereitete uns das Essen auch gleich zu, und so fühlte sich jeder gut, kräftig und gesund und sparte darüber hinaus eine Menge Geld für Arztbesuche. Die Ärzte in der Durchsichtigen Stadt verwenden ihre Kräfte und Mittel vor allem für die Vorsorge, nicht umgekehrt, wie es außerhalb der Stadt sonst der Fall war. Das alles lernten wir aus den Handbüchern, die gleich neben dem Kühlschrank standen, denn so lief das hier nun mal: Entweder erklärten sie einem alles ganz geduldig, oder sie drückten einem eine Bedienungsanleitung in die Hand, damit man merkte, dass niemals etwas einfach so geschah, sondern alles seine guten Gründe hatte.

Nach dem Abendessen setzten wir uns noch ein bisschen zu dritt aufs Sofa, um zu lesen, sie in ihren Büchern und

Julio und ich in unserem Tieratlas. Ich wurde als Erster müde und legte mich schlafen, mit meiner Schlafbrille, an die ich mich übrigens langsam zu gewöhnen begann. Sie brachte den Jungen ins Bett, das auf der anderen Seite des Raumes stand, und kuschelte sich an mich. Wir gaben uns noch einen zärtlichen Kuss, dann schliefen wir ein. Ich dachte kurz darüber nach, wie wir es wohl anstellen sollten, wenn wir es mal miteinander treiben wollten, wo doch der Junge im selben Raum schlief und alle uns durch die gläsernen Wände zusehen konnten, aber dann fiel mir ein, dass sie daran sicher bereits gedacht hätten und dass man vielleicht einen besonderen, extra dafür konzipierten Ort aufsuchen müsste oder es schlicht ganz unauffällig unter den Bettlaken tun musste. Decken gab es hier nicht, denn man brauchte ja keine, so perfekt war die Temperatur in der Wohnung und in der gesamten Stadt geregelt.

Manchmal regnete es natürlich, aber nicht in der Stadt, sondern draußen, und dass war wirklich seltsam, denn man sah, wie die Regentropfen auf die Glaskuppel fielen, aber man hörte keine Geräusche, und auch das Licht in der Stadt veränderte sich nicht, es blieb immer dieses wunderbare gleißende Tageslicht, tagsüber, nachts und genauso, wenn es mal ein Unwetter gab. Nach ein paar Tagen schon sah man überhaupt nicht mehr zum Himmel, wozu auch, wenn das, was sich da draußen abspielte, überhaupt keinen Einfluss hatte auf das Wetter hier drinnen.

In dieser Nacht schlief ich ganz tief und fest und träumte davon, wie ich mit meinen Jungs auf die Jagd ging und ein riesiges Wildschwein schoss. Wenn ich in der Durchsichtigen Stadt etwas vermissen würde, dann, mit meinen Jungs und den Gewehren zum Jagen in die Berge zu ziehen, aber na ja, vermisst hatte ich das schon vorher, als der Krieg sich allmählich bei uns in der Gegend breitgemacht und die Wildtiere die Flucht vor den krachenden und explodierenden Bomben ergriffen hatten. Vielleicht sind ja Augusto und Pablo eines Tages wieder da, und dann kommt auch das Wild zurück in den Wald, und wir dürfen vielleicht in der näheren Umgebung auf die Jagd gehen. Keiner hat uns gesagt, dass wir hier Gefangene wären oder dass es gefährlich oder verboten wäre, die Stadt zu verlassen, aber gefragt haben wir, ehrlich gesagt, auch nicht. Wenn man einmal aus seinem Haus vertrieben wurde und sich in Reih und Glied stellen musste und dann an einen anderen Ort gebracht wurde, gewöhnt man sich daran, keine Fragen zu stellen, denn wer weiß schon, ob das die Sache nicht noch schlimmer macht. Bei unserer Ankunft haben wir schließlich die Herren des Wassers kopfüber an Pfählen in Glassäulen baumeln sehen, und schon damals war mir klar, dass man den Leuten hier besser freundlich als unfreundlich gegenübertreten sollte.

Als die Dame kam, die den Auftrag hatte, uns die Schule zu zeigen, waren wir bereits geduscht, hatten uns angezogen und gefrühstückt. Die Leute hier sind alle extrem pünktlich, es ist also besser, man lässt keinen warten. Der Spaziergang durch die Stadt war noch kürzer als mein Weg zur Arbeit, und die Dame ließ uns wissen, dass der Junge diesen Weg schon am ersten Tag ganz allein gehen würde, wie alle anderen Kinder übrigens auch, denn das war völlig ungefährlich, und außerdem würden sie so möglichst früh beginnen, Verantwortung für ihr eigenes Handeln zu übernehmen. Und tatsächlich gab es außer für die Warenanlieferung so gut wie keine Autos, denn niemand besaß eins, weil man überall hin mit dem öffentlichen Nahverkehr fahren konnte, per U-Bahn, in gläsernen Waggons, die man durch die durchsichtigen Straßenbeläge hindurch beobachten konnte. Julio drehte natürlich fast durch, als er die durchsichtige U-Bahn sah, er zeigte mit dem Finger darauf und starrte ihr hinterher. Der Dame erklärten wir, dass Julio nicht spreche, aber alles bestens zu verstehen schien und weder taub noch dumm wäre. Sie meinte, das wäre gar kein Problem, auf der Schule wären auch Blinde und sogar der eine oder andere mit einer geistigen Behinderung, und alle Kinder würden ihren Notwendigkeiten gemäß erzogen und ihren Fähigkeiten entsprechend gefördert. Dann fügte sie noch hinzu, dass Julio ihr ein ganz besonders aufgeweckter und intelligenter Junge zu sein schien und dass sie ganz sicher wäre, dass er mit einem so großen Potenzial eine strahlende Zukunft vor sich hätte, was uns ganz besonders stolz machte, auch wenn der Bursche in Wirklichkeit gar nicht unser Fleisch und Blut war, ergo all diese Qualitäten auch nicht von uns geerbt haben konnte.

In der Schule überließ ich meiner Frau das Reden, da sie über eine bessere Ausbildung verfügte und begabter war als ich. Allerdings stellte ich fest, dass es sich um einen ganz wunderbaren Ort handelte und dass alle Lehrer ganz hervorragend zu sein schienen und auch die Schüler überaus zuvorkommend waren, artig grüßten, wenn man ihnen auf den Gängen begegnete, und sich sogar gegenseitig den Vortritt ließen. Sie spielten und sangen und kletterten auf üppig gewachsene Bäume, von denen es reichlich gab, Birnbäume, Apfelbäume, Orangenbäume, alle übervoll mit Früchten, ebenso einige große und mächtige Kiefern und Ulmen, damit sich die Kinder an ihren Zweigen besser emporschwingen konnten. Nichts, wirklich gar nichts an dieser Schule erinnerte an die Dorfschule bei uns, sogar ein Schwimmbecken und Sporteinrichtungen gab es, wie in den olympischen Dörfern der Antike. Ich hatte noch nie so etwas gesehen, und nach unserer Tour und nachdem wir Julio für seinen ersten Schultag alles Gute gewünscht hatten, machten sie und ich uns gemeinsam auf den Weg, auf dem wir ununterbrochen über all die Herrlichkeiten plauderten, die wir soeben gesehen hatten, und überglücklich waren, dass so gut für unseren Julio gesorgt werden würde.

Ich begleitete sie in die Bibliothek, ein erhabenes, wunderschönes Bauwerk, das, wie nicht anders zu erwarten, voller Bücher war und voller aneinandergereihter Tische, an denen Leute saßen und lasen. Ich hatte noch nie in meinem Leben so viele Menschen gleichzeitig lesen sehen, und sie auch nicht, und der Anblick ließ ihre Augen leuchten, und sie sagte mir noch einmal, wie viel Freude ihr diese Arbeit bereitete. Durch die gläsernen Wände beobachtete ich, wie sie den Saal betrat, und war überrascht, wie freundlich sie von den anderen Angestellten begrüßt wurde, wo sie doch gerade erst hier angefangen hatte. Kaum war sie angekommen, wurde sie auch schon geküsst und umarmt, ganz besonders von einem affektierten jungen Schönling, der mir auf Anhieb unsympathisch war und der es mit seinen Gunstbezeugungen meiner Frau gegenüber einfach übertrieb, aber, na ja, da ich es eilig hatte, versuchte ich nicht weiter darüber nachzudenken und ging in meine Fabrik für Recycling und Destillation von Körpersäften, um mich mit meinen eigenen Angelegenheiten zu beschäftigen.

Es behagte mir nicht im Geringsten, sie bei diesem gut gebauten Bibliothekar zu lassen, und unter anderen Umständen würde ich sie auf der Stelle da herausholen, aber in dieser neuen Welt hätte ich wie ein Flegel dagestanden. Es ließ sich also nicht wirklich ändern. Manchmal muss man abwarten, bis sich die Dinge entwickeln, auch wenn man noch so sehr ahnt, was passieren wird, denn wenn nicht, dann erklären sie einen für verrückt.

Mein Arbeitstag verlief genau wie der vorherige. Allerdings ohne weitere Streiche und abgesehen von meiner Aufnahme in die Gewerkschaft. Als die Gewerkschaftsvertreter in der Mittagspause aufkreuzten, wusste ich zuerst nicht, wer sie waren, aber die Kollegen klärten mich rasch darüber auf, dass jedem der Beitritt zur Gewerkschaft freistünde und dass es eine persönliche Entscheidung wäre, aber durchaus ratsam wäre, und zumindest hier in der Fabrik wären die Arbeiter alle in der Gewerkschaft. Die Gewerkschaftsvertreter setzten sich also während meiner Mittagspause zu mir und erklärten mir, wie das ganze System mit den Arbeitern funktionierte, was mich selbstverständlich enorm interessierte, denn so recht wollte sich mir nicht erschließen, welche Regierung in dieser Firma oder in der Stadt überhaupt das Sagen hatte, und ganz so blöd zu glauben, dass die Dinge hier ganz von allein oder aus purer Zauberei mit einer solchen Effizienz gelöst wurden, war ich nun auch wieder nicht. In meinem früheren Leben hatte ich nie etwas für Vereine übriggehabt oder mich mit anderen zusammengeschlossen, weder um mich zu schützen noch um irgendwen zu attackieren. Ich hatte also immer schon für mich selbst gesorgt. In meinen Zeiten als Landarbeiter hatte ich mich nie jemandem anvertraut, weder meinen Arbeitskollegen noch meinen Vorarbeitern, und ich hatte gelernt, dass man sich alles hart erarbeiten muss und Respekt am Ende nicht das Ergebnis von Faulheit ist, sondern von viel Schufterei. Als Vorarbeiter vertrat ich die Interessen meiner Herrschaften, ohne die Leute, die unter meiner Aufsicht standen, zu drangsalieren, und als ich schließlich zum Herren aufstieg, weil ich die Interessen meiner Frau gewahrt hatte, bemühte ich mich stets, auch die Unseren mit Nachdruck zu vertreten, dabei aber trotzdem gerecht. Wenn Auszeichnungen zu vergeben waren, dann vergab ich sie eben, und wenn ich jemanden feuern musste, etwa wegen Faulheit oder wegen Diebstahls, dann tat ich auch das, ohne mit der Wimper zu zucken. So war das eben auf dem Land, wo es immer einen Herren gab, aber hier, so erklärten sie mir, gäbe es keine Herren, hier arbeitete jeder für sich selbst, und deshalb musste hier auch jeder für sich selbst entscheiden. Jede Handlung diente der ganzen Stadt, und jeder Einzelne tat seine Pflicht für die Gemeinschaft und nicht für sich allein. Auch einen Lohn im herkömmlichen Sinne gab es nicht oder Waren, die man damit hätte kaufen können, aber das hatte ich mir schon gedacht, weil ich auf den Straßen überhaupt keine Läden gesehen hatte. Man brauchte sie nicht, weil die Stadt einem bereits alles Notwendige zur Verfügung stellte. Sogar für Unterhaltung und Zerstreuung sorgte sie beziehungsweise ihre Bürger, also wir. So wie ich das verstand, gab es hier auch keinen König oder Präsidenten oder Chef, und keiner war mehr oder weniger wert als der andere. Ich ließ es mir nicht nehmen zu fragen, was denn mit denen passierte, die beschlossen, nicht in die Gewerkschaft einzutreten, und man antwortete mir, ihnen geschähe nichts, es wäre eine durchaus respektierte und respektable Entscheidung, die allerdings so gut wie niemand träfe, denn sie bedeutete, dass man nicht an den Entscheidungsprozessen beteiligt wäre und damit als Nichtmitglied der Gewerkschaft außerhalb des Gesetzes und nicht zu seiner Verpflichtung stünde, am gemeinschaftlichen Wohl mitzuwirken.

Ich verstand das alles nur zur Hälfte und dachte schon aus angeborenem Misstrauen heraus, dass die Sache irgendeinen Haken haben musste und dass nicht alles so sauber und gerecht zugehen konnte, wie behauptet wurde. Es sei denn, in der Durchsichtigen Stadt lebten ganz andere Menschen als die, die ich draußen kennengelernt hatte. Und da das ja nicht gut möglich sein konnte, denn wenn ich eines weiß, dann, dass die Leute überall gleich sind, unterschrieb ich am Ende ohne große Überzeugung und trat mehr oder weniger begeistert in die Gewerkschaft ein. Allerdings achtete ich bei der Unterschrift peinlichst darauf, mir nicht anmerken zu lassen und kein Wort darüber zu verlieren, worüber ich da nachdachte oder mir Sorgen machte. Aber klar, ich unterschrieb. Denn mir war bewusst, dass ich keine andere Wahl hatte. Wenn man als Letzter irgendwo ankommt, kann man schlecht eine Revolution anzetteln. Und dennoch nahm ich mir vor, bei Gelegenheit einmal einen von denen aufzusuchen, die nicht gewerkschaftlich aktiv waren, schon um ihn zu fragen, was er so für Erfahrungen in der hiesigen Arbeitswelt gemacht hatte, denn bestimmt wären diese Erfahrungen ein bisschen anders als meine.

Die Gewerkschaftsvertreter verabschiedeten sich mit einem festen Händedruck, und ich beendete meine Mittagspause und ging zurück zu meinem Traktor. Die Anzahl der Wagen mit Kot, die ich jeden Tag zu manövrieren hatte, war immer die gleiche, und die Geschwindigkeit des Traktors war voreingestellt, es gab also nicht viel, was man bei meiner Arbeit hätte falsch oder richtig oder besser machen können, nichts, wofür man mehr oder weniger Geschick besitzen musste oder worin man gute oder schlechte Tage haben konnte. Harte Arbeit war es also nicht, das sagte ich ja bereits, aber sie machte müde, und vor allem bot sie wenig oder so gut wie gar keinen Anreiz. Eine Sache, die ich vergessen hatte, die Gewerkschaftsvertreter zu fragen, war, ob man sich seine Aufgabe aussuchen konnte oder zufrieden zu sein hatte mit dem, was einem zugeteilt wurde, ob man irgendwann befördert werden würde oder den Posten wechseln konnte oder ob ich von jetzt an für den Rest meines Lebens Exkrementwürmer mit immer gleicher Geschwindigkeit durch die Gegend schleppen würde. Als ich mich noch als Auftragnehmer oder Auftraggeber um die Ländereien und das Vieh kümmerte, arbeitete ich immerhin unter freiem Himmel, und wenn es mal längere Zeit nicht regnete, hoffte ich auf Regen, und wenn es zu viel regnete und alles überschwemmt war, dann warfen wir die Pumpen an und leiteten das Wasser ab und häuften Sandsäcke auf, um den Gemüsegarten vor dem Wasser zu schützen. Und wenn ein gutes Fohlen geboren wurde, dann zogen wir es mit aller Sorgfalt auf, bis wir es gut verkaufen konnten, und wenn die Wölfe kamen, um sich das Geflügel zu holen, dann griffen wir zum Gewehr, also jedenfalls, es gab immer etwas zu tun, und wir kannten unsere Aufgaben und wussten sie zu erledigen, und wir hatten immer einen gewissen Einfluss auf den Ausgang und das Ergebnis. Hier dagegen war es allem Anschein nach ziemlich egal, ob ich oder mein Nebenmann den Traktor fuhr, und nichts am Himmel deutete darauf hin, wie der Tag oder der Monat verlaufen würde oder wie die Ernte oder der Ertrag ausfiele.

Als die Arbeit beendet und ich brav geduscht war, drehte ich noch eine kleine Runde, bevor ich mich auf den Weg nach Hause machte. Ich kannte die Stadt logischerweise nicht sehr gut, aber da es nicht leicht zu sein schien, sich zu verlaufen, beschloss ich, auf Entdeckungstour zu gehen. Ich hatte seit unserer Ankunft schließlich nur wenig Zeit mit mir allein verbracht und noch weniger damit, Sachen auf eigene Faust zu erkunden, ohne dass sie mir permanent von irgendwem erklärt wurden. Kurzum, ich beschloss, ein bisschen Stadttourismus zu betreiben, und will keineswegs leugnen, dass mich dabei der Gedanke leitete, auf dem Weg vielleicht irgendwo eine Kneipe zu finden, in der ich ein kühles Bier oder ein Glas Wein bekäme, denn solche Sachen stellten sie mir nicht in meinen gläsernen Kühlschrank. Aufmerksam sah ich mir alles an, und es war wirklich eine gepflegte und sehr schöne Stadt, gewiss auch besser organisiert als jede andere, die ich je gesehen hatte, aber dabei doch auch sehr monoton. Jeder Straßenzug sah gleich aus, und die Leute trugen alle zwar nicht dieselbe Kleidung, aber auch nicht sehr unterschiedliche, denn getragen wurden hier nur Hemden und Hosen aus leichtem Gewebe, die sich lediglich in der Farbe unterschieden. Männer und Frauen, das machte keinen Unterschied, denn Röcke gab es hier anscheinend auch keine, was ich ein bisschen schade fand, weil man den Mädchen nicht auf die Beine gucken konnte. Ein bisschen merkwürdig kam einem allerdings vor, also mir zumindest, dass die Mädchen auf der Straße so viel anhatten, in ihren Wohnungen aber durch die wandgroßen Fensterflächen stets nackt zu sehen waren. Sei es unter der Dusche oder beim Umziehen oder im Bad oder einfach, weil sie auf die Idee kamen, leicht bekleidet oder schlicht unbekleidet in ihren gläsernen Wohnungen gymnastische Übungen zu veranstalten. Bereits nach kurzer Zeit in jener seltsamen Stadt hatte man mehr Menschen, wie Gott sie schuf, gesehen als draußen in einem ganzen Leben. Auf der Straße allerdings trugen sie, wie gesagt, alle äußerst diskrete Kleidung, als wollten sie möglichst nicht auffallen. Was soll man sagen, ein bisschen verrückt war das Schamgefühl dieser Leute schon.

In solcherlei Gedanken versunken schlenderte ich also dahin, auf der Suche nach einer Kneipe, die nirgends auftauchte, als ich plötzlich in der Menge ein bekanntes Gesicht entdeckte, nämlich das des Bezirksvorstehers, und ich müsste lügen, wenn ich sagte, dass es mir nicht große Freude bereitet hätte, einen Bekannten aus unserer alten Heimat zu treffen, auch wenn ich nie besonders viel für ihn übriggehabt hatte, und mir die wenigen Tage, die vergangen waren, seit wir unser altes Umfeld verlassen mussten, wie eine Ewigkeit vorkamen. Auch der Bezirksvorsteher freute sich mächtig, als er mich erkannte, wir umarmten uns sogar, einfach so, ganz spontan. Schon beim ersten Satz meinte er, wir müssten dieses Wiedersehen begießen, und ich hörte schon die Glocken klingen und gab zu, dass ich bereits seit geraumer Zeit auf der Suche nach einer Kneipe sei. Na dann, sagte er, los geht's, und führte mich an einen Ort, den man als ganz normale Dorfkneipe hätte gelten lassen können, wäre er nicht ganz und gar aus Glas gewesen. Kaum betraten wir die Bar, servierte man uns auch schon zwei Bier, und ich muss sagen, es war das beste Bier, das ich jemals getrunken habe, oder zumindest kam es mir so vor, vielleicht auch ein wenig, weil ich zu fürchten begann, dass die Menschen in dieser Stadt nicht nur ein bisschen seltsam wären, sondern dazu auch noch abstinent. Aber keineswegs, das Bier war köstlich und sogar umsonst, und es war reichlich davon vorhanden. In der Bar war mächtig was los, und Männer und Frauen unterhielten sich unter viel Gelächter und Scherzen quer über die Tische hinweg miteinander. Eine Kneipe ganz nach meinem Geschmack. Was hatten der Bezirksvorsteher und ich nicht alles zu lachen! Ein Wunder, dass ich nicht mehrmals von meinem Hocker gefallen bin. In unserer alten Umgebung, mit der bevorstehenden Evakuierung und der unmittelbaren Bedrohung durch die Kriegswirren in der Region, war mir nie aufgefallen, wie lustig dieser Mann sein konnte. Er selbst entschuldigte sich für sein früheres Verhalten und erklärte mir ungefragt, dass der Ernst der Lage und die Verantwortung ihn ein bisschen eingeschüchtert hätten. In Wirklichkeit sei er, wenn die Umstände es erlaubten, ein ganz fröhlicher Mensch, aufrichtig und freundlich. Witzig sogar. Und das konnte man allerdings sagen: Hunderte von Witzen erzählte er. Ich kann mir Witze schlecht merken, das ist eine Gabe, die ich leider nicht besitze, aber einen erzählte er mir, von einem Ehemann, der seine Frau zu Hause im Bett mit einem Pferd erwischt, der war so gut, dass ich fast geplatzt wäre vor Lachen. Wenn ich mich doch nur besser daran erinnern könnte, er war wirklich saukomisch, und am Ende konnte das Pferd sehr gut reden und war Anwalt, mit einem Abschluss an irgendeiner berühmten Universität und was nicht noch alles, jedenfalls war alles ausgesprochen lustig. Nach dem fünften Bier allerdings, als wir, wie es so geht, über unsere alte Umgebung sprachen und darüber, wie es dort wohl jetzt aussehen mochte, wurden unsere Mienen plötzlich ernster, und fast wurden wir ein bisschen traurig.

Da ich annahm, er wäre durch seinen Posten oder ehemaligen Posten als Bezirksvorsteher besser über den Lauf der Dinge informiert als ich, versuchte ich, seine Zunge etwas zu lockern, und der gute Mann, der mich inzwischen als engen Freund betrachtete, schüttete mir bereitwillig sein Herz aus, und falls er mir etwas verschwieg, dann wusste ich wirklich nicht, was, auch hatte ich keinen Grund an dem zu zweifeln, was er mir sagte. Schon merkwürdig, wie sehr einen die Herkunft aus ein und derselben Region verbinden kann, wenn man sich an einem fremden Ort wiedertrifft. Ich glaube, wir beide beichteten uns mehr Geheimnisse während der sechs Bier, die wir tranken, als ich mir selbst je einzugestehen bereit war, seit wir von der Evakuierung erfahren hatten und ich mich widerspruchslos damit abgefunden hatte, für immer alles zu verlassen, was zuvor mein Land und mein Leben gewesen war.

Er erzählte mir, wie schwer es für ihn gewesen war, die Leute aus dem Landkreis herauszubringen, und wie ganz besonders schwer es gewesen war, all jene, deren Papiere von der Übergangsregierung nicht gestempelt wurden, auszuschließen und schutzlos dem Feind auszuliefern. Als er sich an die Frauen erinnerte und an die Zigeunerkinder oder an die Verdächtigen, für die die Anweisung lautete, dass sie nicht Teil der Rettungsmaßnahme im Landkreis wären, war er den Tränen nahe. Da mir seine Offenheit sehr gelegen kam, fragte ich ihn sofort, was denn mit den Herren des Wassers los gewesen sei. Dabei gestand ich ihm, dass es mich schon sehr überrascht hatte, die beiden kopfüber am Eingang der Stadt baumeln zu sehen, auch wenn sie sich auf unserer kurzen gemeinsamen Reise wie zwei erbärmliche Verräter verhalten hätten und mir nachher all die Gerüchte um ihre angeblichen Widerstandsaktivitäten zugetragen worden waren. Er sagte mir, dass diese beiden ihr Schicksal mehr als verdient hätten, denn jeder im Landkreis habe gewusst, dass sie ohne Rücksicht auf die durstige Bevölkerung mit dem Preis des Wassers spekuliert hatten, und dann, als die feindliche Übergangsregierung die Kontrolle über den Landkreis und das ganze Land erlangte, versuchten, ihren eigenen Stausee zu verkleinern, um den Preis in die Höhe zu treiben. Und die Sache mit dem aktivierten WRIST sei keineswegs nur ein Gerücht gewesen, und dieses Paar seltsamer Vögel habe tatsächlich geplant, sich als Trojanische Pferde in die Stadt einzuschleusen. Trotzdem, fügte er hinzu, habe es auch ihm den Magen umgedreht, sie hängen zu sehen, ganz besonders sie, auch wenn er selbst den Bericht verfasst hatte, der zu ihrem Todesurteil führte. Ganz offensichtlich besaß der Mann ein gutes Herz, und es war sicher nicht leicht für ihn gewesen, einen Posten auszuüben, den er sich nicht ausgesucht hatte und der so viele grausame Dinge von ihm verlangte. Außerdem billigte er ganz offensichtlich die Entscheidungen der Regierung keineswegs, und doch sah er sich gezwungen, sie haarklein umzusetzen. Auch von seiner Angst, den Gehorsam zu verweigern, berichtete er mir, denn, so sagte er, es gäbe Erschießungskommandos, die nur darauf warteten, dass einer von uns oder er selbst Widerstand leistete oder auch nur den geringsten Zweifel an dem Vorhaben der Evakuierung anmeldete. Und so war es anscheinend im ganzen Land zugegangen, denn der Krieg war schon seit Langem verloren gegeben worden, und diese ganzen Pläne waren ohne unser Wissen schon vor mehr als einem Jahr gefasst worden und entsprechend hatte sich auch das Heer bereits klammheimlich in Stellung gebracht. Was die Frage betraf, ob wir inzwischen nicht auch bereits ein Teil dessen geworden waren, was wir zuvor als den Feind bezeichnet hatten, so bestätigte er mir, dass dies zwar stimme, diese Information aber sorgfältig unter den Teppich gekehrt worden wäre, um Aufstände von Patrioten, wenn es denn noch welche gab, zu vermeiden. Außerdem wäre die Übergangsregierung in Wirklichkeit der Teil der früheren ständigen Regierung, der sich abgespalten, unsere Sache verraten und mit dem Feind die Bedingungen für unsere Kapitulation und anschließende Besatzung verhandelt hätte. Darüber hinaus erzählte er mir, und das überraschte mich ehrlich gesagt schon ein bisschen, dass unser Land in Wirklichkeit als Angreifer aufgetreten war und Schuld an dem ganzen Krieg trug und dass der Rest der Welt, also der Teil, den wir als den Feind bezeichneten, in Wirklichkeit eine Allianz der Kräfte der Freiheit bildete und dass unser eigenes Land von Anfang an böswillig gehandelt hatte, indem es seine Grenzen überschritt und die Inseln vor der Nordküste gewaltsam annektierte und Siedlungen auf dem Land errichtete,

116 |

das es den benachbarten Staaten am Flussdelta weggenommen hatte. Kurzum, wenn man die ganze Frage des Krieges der Einfachheit halber in angreifende und angegriffene Staaten aufteilte oder noch simpler in gute und böse Staaten, dann waren wir die Bösen. Er beschrieb in aller Kürze auch die Verbrechen gegen die Menschlichkeit, die unser Heer begangen hatte, die Erschießungskommandos in den Flüchtlingslagern, die Ausgrenzung Andersdenkender, die systematische Verfolgung der Zigeuner, das Bombardieren der Zivilbevölkerung, Vergewaltigungen, Verstümmelungen, Massengräber.

Es schmerzte mich sehr, all das zu hören, und ich bedauerte es, meine Söhne in diesen Krieg ziehen gelassen zu haben. Ebenso bedauerte ich, erst so spät zu diesem Schluss gekommen zu sein und die ganze verdammte Propaganda, die uns auf dem Silbertablett serviert worden war, so widerspruchs- und kritiklos hingenommen zu haben. Ich spürte, wie sich mir der Magen vor Ekel umdrehte, aber wenn man Dreck gefressen hat, dann kotzt man ihn auch wieder aus. Ich dachte an den törichten Stolz, mit dem mich die Medaillen der Jungs erfüllt hatten, und daran, dass sie jetzt womöglich bereits tot waren oder gefangen genommen, und das alles völlig ohne jeden Sinn, und so bereute ich zunächst einmal, überhaupt geboren worden zu sein und ausgerechnet an diesem Ort, und dann, dass ich als ein solcher Dummkopf auf die Welt gekommen war. Als der ehemalige Bezirksvorsteher mich so in tiefer Trauer versinken sah, versuchte er sogleich, mich ein wenig aufzuheitern, indem er mir sagte, wir hätten uns alle täuschen lassen, und ich sollte mir nicht allein die Schuld daran geben. Wir wären alle sehr geschickt belogen worden, und die Lügen wären so ausgefeilt gewesen, dass jeder, der an ihnen zweifelte, für verrückt erklärt worden wäre. Ein bisschen tröstete es mich, ihm zuzuhören, aber mal ehrlich, jeder hat seinen eigenen Kopf zum Denken, und ich verfluchte mich trotzdem dafür, dass ich meinen nicht besser benutzt hatte. Wenn ich das getan hätte, so sagte er mir, wenn ich wirklich auch nur einen Moment Zweifel an der effizienten Staatspropaganda geäußert hätte, dann wäre ich mit absoluter Gewissheit erschossen worden und würde längst in einem Massengrab liegen, zusammen mit meiner Frau und meinen Kindern. Damit überzeugte mich der ehemalige Bezirksvorsteher schon etwas mehr, und so fand ich darin ein wenig Trost oder doch wenigstens etwas Handfestes, hinter dem ich mich verstecken oder mit dem ich mir selbst Absolution erteilen konnte, denn es ist ja schön und gut, gegen etwas Böses aufzustehen, sei es aus Vernunft, Überzeugung oder Wut. Aber niemals sollte ein Mann seine eigene Familie in Gefahr bringen.

Nach allem, was ich hier erzähle, kann man sich wahrscheinlich vorstellen, dass das Gespräch an Schwung verlor und dass von dem anfänglichen Gelächter so gut wie gar nichts mehr übrig geblieben war. Aber in Anbetracht der Tatsache, dass es Freibier gab, bemühten wir uns dennoch, die gläserne Kneipe nicht mit trauriger Miene zu verlassen oder, schlimmer noch, auszusehen wie zwei Totengräber, denn von den ganzen Geschichten über Leid und Enttäuschung hatten wir schon die entsprechenden Gesichter aufgesetzt. Schwachsinnigerweise bat ich ihn auch noch, mir den Witz mit dem Pferd noch einmal zu erzählen, den, in dem das Pferd ein Anwalt war, den der arme Mann im Bett mit seiner Frau erwischte, aber wie zu erwarten, konnte ich jetzt nur noch halb so sehr darüber lachen, sogar ein bisschen geschmacklos kam er mir nun vor, womöglich sogar verletzend. Manchmal sollte man, wenn der Zauber verflogen und der Augenblick vergangen ist, einfach einen

Schlussstrich ziehen. Was dann auch wirklich gerechtfertigt scheint, wenn sich die Nacht dem Ende zuneigt, bildlich gesprochen, denn in dieser unglaublichen Stadt gibt es ja überhaupt keine Nacht, auch wenn man sich zuletzt noch einmal verzweifelt aufbäumt und eine letzte Runde bestellt, die einem am Tag danach einen freudlosen Kater beschert und eigentlich auch nur dafür sorgt, dass man zu Hause Ärger mit seiner Frau bekommt und ihr einen Vorwand für einen ihrer Vorträge liefert.

Jedenfalls verließen wir die Kneipe am Ende doch ziemlich schwankend und pinkelten dann auch noch wie zwei Schuljungen einfach auf die Straße, wo rein gar nichts versickerte, da sie ja aus Glas war. Dabei hinterließen wir eine peinliche Pfütze, auf der leicht jemand ausrutschen konnte. Falls uns Leute beobachteten, und das taten sie, denn in einer durchsichtigen Stadt, in der es niemals Nacht wird, blieb ihnen ja gar nichts anderes übrig, dann verzogen sie jetzt die Gesichter, und wieder verspürte ich dieses schreckliche Unbehagen, das mich schon früher immer befiel, wenn ich mich betrunken hatte. Schon damals fiel es mir nicht leicht, den Alkohol in meinem Körper zu bezwingen und mich dabei aufrecht zu halten wie ein Besenstiel, wie all diese seltsamen Leute, von denen man behauptet, sie würden viel vertragen, die mir aber, ehrlich gesagt, noch nie im Leben begegnet sind.

Obwohl der gemeinsame Abend nun ein so trauriges Ende genommen hatte, verabschiedeten der ehemalige Bezirksvorsteher und ich uns unter vielen Umarmungen und schworen uns, dass wir dieses Treffen unbedingt wiederholen sollten, und unsere Telefonnummern tauschten wir nur deshalb nicht aus, weil es bei mir zu Hause kein Telefon gab und bei ihm anscheinend auch nicht. Allerdings verabredeten wir uns für Sonntag zum Abendessen, und kaum hatte ich das gesagt, da fiel mir trotz meines angeschlagenen Zustands doch plötzlich ein, dass ich keinerlei Ahnung hatte, welcher Wochentag eigentlich war und ob die Wochentage hier in der Stadt überhaupt noch so hießen wie draußen. Das allerdings wiederum bestätigte er mir, dass die Woche noch immer genauso aussah wie früher, nur ohne Sonntagsmesse, worüber ich mich freute, denn auch wenn ich auf meine Art gläubig bin, habe ich doch nie so recht verstanden, weshalb man sich das jede Woche zu einem bestimmten Zeitpunkt wieder in Erinnerung rufen sollte, wo doch seinen eigenen Angaben zufolge der Herr angeblich überall und in allen Dingen wirkte. Nachdem wir uns also auf den Sonntag geeinigt hatten, also ganz sicher, hundert Prozent, umarmten wir uns zum Abschied noch einmal überschwänglich, so wie Männer das eben tun, wenn sie einen über den Durst getrunken haben. Und dann machte sich jeder von uns, also ich jedenfalls, auf die Suche nach der eigenen Wohnung.

Ich verlor den Bezirksvorsteher aus den Augen, als er um eine Straßenecke bog und ich in eine andere Richtung ging, mehr, um ihn nicht zu verfolgen, als weil ich wusste, wohin ich eigentlich musste. Wo es mir zuvor noch ziemlich simpel erschienen war, mich in der Stadt zu orientieren, gelang es mir nun, nach all dem Bier und zerstreut, wie ich war, kaum noch mit Bestimmtheit zu sagen, wo ich mich gerade befand. Es sah alles so gleich aus, dass ich mir kaum erklären konnte, wie die Leute hier irgendeinen Weg fanden, und so musste ich bereits mindestens hundert Runden gedreht haben, bevor ich schließlich durch die gläsernen Wände unseres Hauses meine Frau auf dem Sofa sitzen sah, mit einem Gesicht, als wollte sie sagen, das wird dich teuer zu stehen kommen. Der Anblick war zugleich furchterregend und tröstlich. Furchterregend wegen dem, was mir nun bevorstand, und tröstlich, weil ich es am Ende doch aufrechten Ganges bis zu mir nach Hause geschafft hatte.

Im gläsernen Aufzug versuchte ich, mein Erscheinungsbild ein bisschen aufzupolieren, sogar meine Haare strich ich glatt, wie jemand, der sich verspätet und provisorisch kämmt, auch wenn er ganz genau weiß – und zwar, weil er es sieht –, dass man in dieser durchsichtigen Welt nicht einen einzigen Augenblick lang etwas verheimlichen kann und nicht einmal die Tür öffnen muss, um zu wissen, dass dahinter jemand mit säuerlicher Miene steht.

Da der Junge bereits schlief, gab es kein lautes Gezeter, und Erklärungen musste ich auch keine abgeben. Sie sagte bloß, dass sie sich verteufelt viele Sorgen gemacht hatte, weil sie nicht wusste, wo ich blieb, und dass wir jetzt am besten ganz schnell zu Bett gehen sollten, denn inzwischen war es so spät geworden, dass wir morgen völlig unausgeschlafen zur Arbeit kommen würden. Ich wusch mir flüchtig das Gesicht, während gegenüber von unserem durchsichtigen Bad ein Herr, unser Nachbar nämlich, auf dem Klo saß und anscheinend erfolglos versuchte, sein Geschäft zu verrichten. Danach schleppte ich meinen aus allerlei Gründen schmerzenden Körper mit leerem Bauch ins Bett.

Wie immer in solchen Fällen bereute ich meine Missetaten unmittelbar danach und schwor mir noch beim Einschlafen, so etwas nicht zu wiederholen, auch wenn es noch so viel Freibier gäbe in dieser Stadt ohne Wände und auch wenn es noch so notwendig wäre, hin und wieder der alten Zeiten zu gedenken.

Wenn ich ihr an jenem Abend keinen Kuss gab, so deshalb, weil ich ihr meinen Atem ersparen wollte, und nicht etwa, weil ich sie nicht mehr liebte. Außerdem war ich anscheinend noch immer an unser altes Leben gewöhnt und hatte einen Moment lang vergessen, dass hier rein gar nichts irgendeinen Geruch hat. Ich nehme an, die Furcht legt sich langsamer als der Geruch. Vielleicht ja auch nie.

Am Morgen danach brauchte ich wegen meines Katers ein bisschen länger als gewohnt, und sie und der Junge verließen die Wohnung früher als ich. Aber ich machte auch ein bisschen langsamer, damit ich ihr nicht begegnen musste oder die beiden mir. Als ich zur Arbeit kam, freute ich mich fast, auf meinen Traktor zu steigen und Wagenladungen Exkremente durch die Gegend zu ziehen, ohne dass sich irgendwer dafür interessierte, ob ich gestern Abend unterwegs gewesen war und vielleicht ein Glas zu viel getrunken hatte. Manchmal ist ein Job, egal wie simpel, der beste Trost für einen Mann, der gerade mit niemand reden oder sich irgendwie rechtfertigen möchte. Zur Mittagspause ging es mir schon wieder deutlich besser, und da man seine Verpflegung entweder an der langen Tafel im Speisesaal einnehmen oder mit dem Tablett nach draußen gehen konnte, ging ich kurz vor die Tür, um mir wenigstens ein paar Bäume anzugucken und ein bisschen herauszukommen aus diesem weißen Keller, der, auch wenn er durchsichtig war wie alles in dieser Stadt, doch ziemlich tief unter der Erde lag und einem ein etwas ungutes Gefühl vermittelte, wenn man den Kopf nach oben drehte und all die Menschen direkt über sich herumlaufen sah. Im Garten gab es Pflanzen und einen Brunnen und ein paar Bäumchen, und wenn man nach oben sah, erblickte man die Kuppel, die so weit weg war und so gleißend leuchtete, dass sie fast so wirkte wie ein wolkenloser weißer Himmel. Wie ein Himmel, aus dem es gleich zu schneien beginnen würde. Nur dass die Kälte fehlte, klar.

Zur Kaffeepause war ich fast schon wieder der Alte und dachte darüber nach, die Kneipe noch einmal aufzusuchen, wenn ich sie denn wiederfände, um mir mit einem oder auch zwei Hellen ein bisschen Mut anzutrinken, bevor ich mich zu Hause blicken ließe.

Die Kneipe zu finden war leichter als gedacht, und obwohl ich es anfangs zugegebenermaßen bedauerte, den ehemaligen Bezirksvorsteher, der sozusagen mein einziger Freund hier war, nicht anzutreffen, freute ich mich doch am Ende auch ein bisschen darüber, denn dadurch konnte ich mein Versprechen mir selbst gegenüber halten und nach dem zweiten Bier brav auf direktem Wege nach Hause gehen.

Aus lauter Zuneigung ließ sie den vergangenen Tag unter den Tisch fallen, und so aßen wir alle drei entspannt zu Abend, wenn auch nicht gerade vergnügt. Der Bursche sagte wie immer keinen Ton, aber sie erzählte mir, dass er in der Schule ein großes Lob für sein gutes Benehmen erhalten und seine Hausaufgaben alle tadellos erledigt hatte, worüber ich mich freute. Denn meine eigenen Söhne waren ebenfalls beide sehr fleißig gewesen, und ich dulde in meinem Haus keinen Müßiggang.

Früh ging ich zu Bett, ohne auch nur einen Blick in meinen Tieratlas zu werfen, während sie und Julio noch ein Weilchen richtige Bücher lasen. Im Halbschlaf meine ich sogar gehört zu haben, wie sie ihm noch eine Geschichte erzählte, bevor sie ihm die Schlafbrille aufsetzte und sich zu mir legte. An diesem Abend gaben wir uns wieder keinen Kuss, aber diesmal, weil sie es nicht wollte. Und als ich unter den Laken nach ein bisschen Zärtlichkeit suchte, gab sie mir klar zu verstehen, dass es damit heute nichts werden würde. Was mich wunderte, denn in unserem früheren Leben war sie fast immer regelrecht heiß gewesen.

Keine Ahnung, ob es wegen all dem war, was passiert war, seit ich das Haus abgefackelt hatte, oder schon davor,

| 123

als die Kinder das Haus verlassen hatten und uns die Hühner und Pferde weggenommen wurden und die Ländereien
verdorrten ..., oder vielleicht wollte sie ja auch einfach nicht
mehr zärtlich mit mir sein, jedenfalls spürte ich, dass sich
da etwas zwischen uns verändert hatte, tief in unserem Innersten, und darüber machte ich mir so unglaublich viele
Gedanken, dass ich nicht wusste, wie lange ich da mit meiner dämlichen Schlafbrille auf dem Kopf herumlag, ohne in
den Schlaf finden zu können. Sie dagegen hörte ich tief und
fest atmen, wie eigentlich immer, wenn sie schlief. Was
übrigens keineswegs dasselbe ist wie Schnarchen. Ich dagegen schnarchte oft, und zwar ziemlich laut, so sehr, dass
ich manchmal von meinem eigenen Schnarchen aufwachte. Normalerweise beruhigte mich ihre Atmung immer,
wenn ich aus irgendeinem Grund nicht einschlafen konnte.
Plagten mich etwa Alltagssorgen, brauchte ich bloß ihr Atmen zu hören und meine eigene Atmung der ihren anzu-
passen, und schon schlief ich ein. Aber hier, in dieser Stadt,
in der es keine Nacht gab, in diesem Bett, das wir weder gekauft noch selber ausgesucht hatten, mit diesem gestohle-
nen oder geliehenen Jungen in einem Zimmer, in diesem
gläsernen Leben, da war ich plötzlich außerstande einzuschlafen, und je mehr ich es versuchte, umso klarer wurde
mir, dass es damit wohl heute nichts werden würde, sodass
ich mich schließlich komplett von dieser Idee verabschiedete und mit äußerster Vorsicht aus dem Bett stieg, um sie ja
nicht zu wecken. Dann zog ich die Schlafbrille ab und sah
mich in dieser hellen mondlosen Nacht ein bisschen um.
Und da sah ich all diese schlafenden Leute, Hunderte und
Tausende Unbekannte, die ganz entspannt in Morpheus Armen lagen, und all das kam mir wie ein schrecklicher Albtraum vor, aus dem ich niemals erwachen würde, es sei
denn, ich würde endlich doch in den Schlaf finden und in

den Wald zurückkehren, um im Traum den Ort aufzusuchen, an dem ich in der Realität da draußen, in der Realität von früher, meine Jagdgewehre vergraben hatte.

So verbrachte ich Stunden, in denen ich antriebslos auf meinem Bett saß und mir die schlimmsten Gedanken machte, und ich hatte größte Lust, diese Stadt zu verlassen, egal wie gut und umfassend dort für uns alle gesorgt wurde. Und wie immer in solchen schlaflosen Nächten muss ich irgendwann doch eingeschlafen sein, nur dass ich nicht wusste, wann. Denn urplötzlich weckte sie mich mit einem Kuss auf den Mund, und das Frühstück stand bereits auf dem Tisch.

Da ich nicht sonderlich ausgeruht war, machte ich an diesem Morgen alles sehr langsam, mit diesem Gefühl, das man hat, wenn man nicht schlafen konnte, als würde man auf lehmigem Untergrund gehen, und die Füße wären aus Blei. Fast wäre ich zu spät zur Arbeit gekommen, und so richtig wach wurde ich auch von dem ganzen Kaffee nicht, den ich mir dort aus dem Kaffeeautomaten holte. Geredet habe ich auch mit niemanden, gute Laune Fehlanzeige, und nach dem Abendbrot, als der Tag schon fast gelaufen war, passierte genau das, was ich schon den ganzen Tag über befürchtet hatte: Ich verzettelte mich, bog mit meinem Traktor einmal falsch ab und fuhr direkt gegen einen anderen Traktor, der mir geradewegs entgegenkam. Der Zusammenprall war im Verhältnis zu der minimalen Geschwindigkeit, mit der wir unterwegs waren, ziemlich heftig. Ich stürzte zu Boden und nahm den anderen Fahrer dabei gleich mit, und all die geruchslose Scheiße verteilte sich im Raum, und ich bekam einen Rüffel und wurde sofort zum Aufseher gebracht, und von dort ging es auf direktem Weg zum Amtsarzt.

Der Arzt war besorgt wegen meiner Schlaflosigkeit und meines allgemein erbärmlichen Zustands und teilte mir mit, es wäre in Zeiten des Umbruchs und der Anpassung ganz normal, wenn man Spannungen aufbaute, und vielleicht bräuchte ich so etwas wie einen Berater. Ich fragte ihn, ob er damit vielleicht einen Irrenarzt meinte, und er versicherte mir, dass es so etwas hier in der Stadt gar nicht gäbe und dass man hier im Allgemeinen nicht allzu viel von der Psychologie hielte und bestimmte nervöse Symptome wie die, unter denen ich aller Wahrscheinlichkeit nach litt, an sogenannte Berater übergäbe. Personen also, die die außerordentliche Gabe besäßen, Menschen mit Empathie zu begegnen und ihnen zuzuhören, was übrigens in den meisten Fällen bereits völlig ausreichend wäre und wesentlich besser funktionierte als all die Pillen und anstrengenden psychotherapeutischen Sitzungen zusammen. Da fragte ich ihn, ob ein solcher Berater nicht vielleicht in Wirklichkeit einfach ein Priester wäre, und da musste er lachen und meinte, nein, also Priester gäbe es in dieser Stadt ebenfalls keine, die wären hier auch vollkommen überflüssig. Abschließend fragte ich ihn noch, ob denn so ein Berater Pflicht wäre, so etwas wie eine Strafe dafür, dass ich meinen Traktor zu Schrott gefahren hätte. Der Arzt aber nahm meine zahlreichen Vorbehalte mit Humor und machte noch einmal deutlich, dass es sich keineswegs um eine Strafe handelte, sondern lediglich um eine Option, und dass die Entscheidung allein bei mir läge, dass er mir aber für alle Fälle eine Pille geben würde, damit ich erst mal ein bisschen zur Ruhe käme. Und zusätzlich würde er mich noch zwei Tage krankschreiben, damit ich mich wirklich wieder vollständig erholen könnte.

Ich verließ die Arztpraxis und zog mich um. Die Kollegen aus der Fabrik sprachen mir Mut zu, und der Aufseher klopfte mir auf die Schulter, um der Angelegenheit ein bisschen von ihrer Schwere zu nehmen. Alle wünschten mir gute Besserung und sagten, ich sollte möglichst bald wieder zurückkommen. Und damit vermittelten sie mir auch wirklich ein viel besseres Gefühl, denn ich falle bei der Arbeit nicht gerne aus, damit konnte ich noch nie besonders gut umgehen. Ich werde auch nicht oft krank und halte mich insgesamt für einen robusten Typ, der keine Pflicht scheut. Auf dem Landgut hätte mich auch nie jemand dabei erwischen können, dass ich meine Arbeit schleifen ließ, auch nicht, als es mir noch gar nicht selbst gehörte. Weder Husten noch Fieber konnten mich je von meiner Arbeit abhalten. Und wenn wir aufstehen mussten, noch bevor der erste Hahn krähte, war ich ganz vorne mit dabei. Und wenn beim ersten Mond die gesamte Ernte eingefahren werden musste, dann war ich gewiss der Letzte, der müde wurde. Bei allen auf dem Hof anfallenden Arbeiten konnte mir keiner der Tagelöhner das Wasser reichen, und ging es darum, für den Schutz des Geländes und der Vorratskammern zu sorgen, dann gab es auf der ganzen Welt keinen aufmerksameren und strengeren Vorstand als mich. Wenn ich nun also bei einer so einfachen Aufgabe wie dem Hin- und Herfahren von Exkrementen einmal einen Aussetzer hatte, also bei einer Aufgabe, die weder härter noch schwerer zu bewältigen war als all meine bisherigen Jobs, so war dies gewiss weder meiner momentanen Verfassung geschuldet noch meinem Wesen, sondern irgendetwas anderem, was mir schwerfiel zu benennen und was in meinem bisherigen Leben mit Gewissheit niemals vorgekommen wäre. Mit anderen Worten, ich war schon immer ein Mann mit Ehre gewesen, einer, der hart arbeitete und sich all seiner Pflichten bewusst war. Der klaglos Lasten schulterte wie ein Packesel, sich den Schweiß von der Stirn wischte und den Schlaf der Gerechten schlief. In meinem früheren Leben hatte ich klaglos Tausende von Säcken geschleppt, und so war das Schleppen von Scheiße mit einem Traktor weder unter meiner Würde noch überforderte es mich irgendwie. Dieses neue Ich, das seine Ware entgleisen ließ und seinen Arbeitstag mit einer schweren Krankheit beendete, entsprach also keineswegs meinem Selbstbild. Weder erkannte ich mich darin wieder, noch gefiel ich mir in dieser Rolle. Keine der Lasten, die mir aufgebürdet wurden, war mir je leichtgefallen, weder die Kartoffeln noch der Weizen oder das Mehl, aber trotzdem brachte ich sie an ihren Bestimmungsort. Eine Aufgabe, egal welche, nicht abschließen zu können, gab mir das Gefühl, Schulden bei der ganzen Welt zu haben, ganz besonders aber bei mir selbst und bei dem, was ich in meiner Welt mehr oder weniger darstellte.

Mit meiner Beruhigungspille und dem gestempelten Attest machte ich mich auf den Weg nach Hause. Die Wohnung war leer, genau wie all die anderen Wohnungen um mich herum, und so hatte ich endlich einmal Gelegenheit, mich hinzusetzen, ohne all die Leute sehen zu müssen, mit denen ich jeden Morgen und jeden Abend gezwungen war, meine Intimsphäre zu teilen. Ich nahm meine Pille, legte mich ins Bett und fiel kurz darauf in einen bleiernen Schlaf.

Zwei Tage später wachte ich wieder auf. Sie machte gerade Frühstück, während Julio noch schlief. Sie fragte mich, wie es mir ginge, und ich antwortete ihr, ich fühlte mich ein bisschen flau, und da sagte sie mir, wie lange ich geschlafen hatte, und ich erschrak. Ich konnte einfach nicht glauben, dass ich mehr als achtundvierzig Stunden am Stück geschlafen haben sollte. Als ich aufstand, wurde mir ein bisschen schwindelig, und sie stützte mich zärtlich und begleitete mich bis an den Tisch. Dann weckte sie den Jungen, und wir frühstückten zusammen. Mit dem Orangensaft und den Haferflocken und den zwei Eiern ging es mir langsam wieder besser. Ich hatte einen Bärenhunger, aber sie hielt mich davon ab, mich völlig satt zu essen, denn das bekäme mir nicht, und daran tat sie gut. Als ich mit dem Frühstück fertig war, nahm ich eine Dusche. Hinter der Wand aus Glas duschte jeden Morgen derselbe Nachbar, aber wir grüßten uns nicht oder so, ganz im Gegenteil, wir taten, als würden wir uns nicht bemerken, und tatsächlich war es vor lauter Leuten, die man immerzu sehen musste, am Ende ein bisschen, als gäbe es sie gar nicht, und ich vermute, den anderen ging es mit mir ganz genauso. Jedenfalls fühlte ich mich unter dem Strahl der Dusche zusehends stärker und tatendurstiger, fast schon munter, sogar eine alte Weise aus meiner Schulzeit, die mir plötzlich in den Sinn gekommen war, hatte ich auf den Lippen, keine Ahnung, wieso. Obwohl ich beim Aufwachen noch ein bisschen wirr war, stellte ich rasch fest, dass mein Kopf beim Verlassen der Dusche bereits wieder auf Hochtouren lief, was mir ein gutes Gefühl gab, ein Gefühl von Leistungsfähigkeit und Aufnahmebereitschaft. Ich wollte unbedingt zur Arbeit und allen zeigen, wie gut es mir wieder ging, dass man wieder auf mich zählen konnte und dass die Sache mit dem Traktor eine einmalige Angelegenheit gewesen war. Dass ich nicht wieder entgleisen würde und dass sich die mir anvertraute Scheiße jeden Tag in den allerbesten Händen befand, nämlich meinen.

Mit dermaßen guter Laune, wie ich sie beim Verlassen der Wohnung hatte, konnte das nur ein sehr guter Tag werden, und tatsächlich verlief der Tag so wunderbar wie nie zuvor. Meine Arbeit erledigte ich einwandfrei, und meine Aufgabe erschien mir weder langweilig noch auch nur im Geringsten unbedeutend, ganz anders als an den Tagen vor dem Unfall. Was man in seinem Leben auch tut, man sollte es aufmerksam und sorgfältig tun, und einen Bandwurm aus Exkrementen zu ziehen, stellt da keine Ausnahme dar. Ich hatte ja gesehen, was passiert, wenn man sich ablenken lässt und seine fünf Sinne nicht beisammenhat. Ich hatte meine Lektion gelernt. Wer sich über die Arbeit beschwert, die ihm zugewiesen wird, anstatt dem Himmel dafür zu danken, überspielt damit nichts anderes als eine ungesunde Form von Arroganz, die ihn glauben lässt, etwas Besseres verdient zu haben. Das lehrt einen das Leben. Die Unzufriedenen glauben stets, dass ihnen mehr zusteht, als sie haben, und aus ihrer ganzen Unzufriedenheit heraus entsteht nichts weiter als eine Welt voller Angsthasen und Nichtsnutze. Eine Welt aus Leuten, die verlangen, dass die Erde Früchte trägt, ohne dass sie etwas dafür tun müssten.

Meine Art war es jedenfalls nicht, herumzulaufen und mein Schicksal zu bejammern, und so hatte ich nicht den leisesten Schimmer, was an diesen lang vergangenen Tagen mit mir los gewesen sein mochte, an denen ich mich mit all meinen verlotterten Gedanken und all den unbegründeten Wünschen regelrecht selbst vergiftet hatte. Jetzt, wo ich wiederhergestellt war, war ich wieder ich selbst, sogar so etwas wie eine bessere Version meiner selbst, ruhiger und konzentrierter, eher bereit, meine Aufgaben widerspruchslos und ohne Murren anzugehen, enthusiastischer, was meine Zukunft anging, das muss man schon sagen. Vergangenheit und Zukunft lichteten gemeinsam, mit vereinten Kräften, die düsteren Schatten der falschen Hoffnung und der Melancholie über meinem Kopf, die einen Mann mit ihren starken Händen schier zu erdrosseln vermögen, und so erkannte ich glasklar, dass es für mein persönliches Glück vollkommen ausreichend wäre, wenn ich nur die mir zugewiesenen Aufgaben zur Zufriedenheit aller erledigte. Ich dankte dem Himmel dafür, dass ich einen Job hatte und eine Frau wie sie an meiner Seite, noch dazu ein Zuhause und ein Kind wie Julio, der uns mit seiner Gesundheit und seiner guten Laune eine echte Stütze war, und ich betete zu Gott, dass Augusto und Pablo in diesem Moment denselben inneren Frieden gefunden hätten wie ich, sei es im Himmel oder auf Erden.

Beim Mittagessen waren die Kollegen sehr zuvorkommend. Sie erkundigten sich mit aufrichtiger Anteilnahme nach dem Verlauf meiner kurzen Erkrankung, zeigten sich ernstlich besorgt und freuten sich, mich wohlauf zu sehen und bei besserer Gesundheit denn je. Wir erzählten uns harmlose Witze und redeten über die Sachen, über die sich Männer beim Essen so unterhalten, über Familie, Frauen und manchmal sogar über die Jagd, denn unter meinen Kollegen gab es mindestens zwei, die früher gern selbst zur Jagd gegangen waren. Der Tag verlief insgesamt so angenehm, dass er mir fast ein wenig zu kurz wurde, und unter der Dusche war mir, als wollte ich gar nicht nach Hause. Aber kaum stand ich auf der Straße, da trat ich auch schon den direkten Weg dorthin an, mit einem Pfeifen auf den Lippen und voller Vorfreude, sie zur Begrüßung zu umarmen und ihr für alles, was sie für mich tat, zu danken. Auch freute ich mich darauf, den Jungen wiederzusehen und mich nach seinen Fortschritten in der Schule zu erkundigen. Ich vermisste das gemeinsame Spiel und sein Lachen, und mir wurde bewusst, dass ich ihm seit unserer Ankunft viel zu wenig Aufmerksamkeit geschenkt hatte, und so beschloss ich, daran etwas zu ändern. Selbstverständlich kam es mir nicht einmal näherungsweise in den Sinn, die Kneipe erneut aufzusuchen, und ich konnte mir beim besten Willen nicht vorstellen, was zum Teufel mich dort in den vergangenen Tagen wohl hingetrieben und welchen Kummer ich im Alkohol zu ertränken versucht hatte, wo es Kummer in meinem Leben doch gar nicht gab.

Es ist einfach wunderbar, was für klare Gedanken man hat, wenn es einem so gut geht, was für gradlinige Ideen ohne Haken und Ösen einem kommen und wie sanft sich die Brust hebt von all den guten Gefühlen, die mit ihrer ganzen Kraft und Schönheit alle Ängste in den Hintergrund treten lassen. Kurzum, es ging mir fantastisch, fast schon ein bisschen zu fantastisch, allzu fröhlich war ich, allzu randvoll mit Liebe, sodass langsam doch Zweifel in mir aufkamen, was das wohl für eine verdammte Pille gewesen war, die mir der Doktor da verschrieben hatte. Und weiter schritt ich durch die Straßen, beflügelt von all dieser großartigen Freude, die ich nicht zu kontrollieren vermochte. Ein Glücksgefühl, so groß, so mächtig und so grundlos, dass es mich unbestritten langsam schon ein bisschen zu ermüden begann.

Als ich nach Hause kam, wartete sie dort schon mit einer kleinen Überraschung auf mich: Zum Abendessen hatten wir Gäste! Also eigentlich nur einen, nämlich den stattlichen Burschen, der mir bereits in der öffentlichen Leihbibliothek aufgefallen war, als ich sie an ihrem zweiten Arbeitstag dorthin begleitet hatte. Ich musste nicht erst die Tür öffnen, um ihn zu sehen, denn schon vom Aufzug aus konnte ich die beiden, sie und den Schönling, bestens dabei beobachten, wie sie gemeinsam kichernd den Tisch für das Abendessen deckten. Man sah schon von Weitem – denn hören konnte man von ihrem Gespräch aus dieser Entfernung ja nichts –, dass sie sich blendend verstanden und sich bei der Arbeit nähergekommen sein mussten. Bei so viel Herzlichkeit ihrerseits diesem jungen Mann gegenüber gab ich mir redlich Mühe, wenigstens ein bisschen Wut in mir heraufzubeschwören, aber es wollte mir einfach nicht gelingen. Denn anstelle der Gefühle, nach denen ich suchte, war da nur eine völlig unangemessene Großherzigkeit. Und wehrlos, wie ich war, verspürte ich tief in mir dazu auch noch eine große Freude, wie ich meine Frau da so strahlend vor Glück mit einem anderen Mann beisammenstehen sah. Als ich die Wohnung betrat und wir einander vorgestellt wurden, obwohl ich ihn bereits kannte und auf meine schwarze Liste gesetzt hatte, wollte es mir ebenso wenig gelingen, ihn angemessen grimmig anzusehen, so wie ich es mir vorgenommen hatte, nein, stattdessen begrüßte ich ihn mit einem breiten, unvoreingenommenen Grinsen und einer herzlichen Umarmung. Dazu sagte ich, er solle sich hier ganz wie zu Hause fühlen, auch wenn ich mir eigentlich wünschte, dass er, bitte schön, nicht vergessen möge, dass er sich in meinem Zuhause befand.

Als Nächstes umarmte ich Julio, zu dem ich mich auf den Boden setzte, um mit ihm zu spielen und ihn zu knuddeln. Und ich hatte plötzlich eine wahnsinnige Freude an meinem Kind, während sie und ihr neuer Freund fortfuhren, das Abendessen zuzubereiten und dabei sichtlich immer bezauberter voneinander zu sein schienen. Gegenseitig, meine ich, zumindest war das meine Befürchtung. Sie lachten nämlich nicht nur über alles, was der jeweils andere sagte, als wäre es das Lustigste, was sie je auf der Welt gehört hätten, nein, sie ergriffen auch noch jede Gelegenheit, sich gegenseitig zu befummeln. Nicht dass sie sich vor meinen Augen regelrecht aneinandergeschmiegt hätten, das vielleicht nicht gerade, aber sie nutzten wirklich jeden nur erdenklichen Vorwand, um sich gegenseitig die Hand auf die Schulter zu legen, auch wenn es dafür eigentlich gar keinen Anlass gab. Da waren so kleine Gesten der Vertrautheit, ein bisschen zu viel Nähe beim Schneiden des Endiviensalats, na ja, all diese kleinen Andeutungen eben, die jede für sich genommen rein gar nichts bedeuten, insgesamt aber eben doch ein deutliches Zeichen unverhohlener Vertrautheit darstellen. Ich war wirklich erstaunt, wie gut sie sich in so kurzer Zeit angefreundet hatten, wie vertraut sie miteinander umgingen und so weiter und so fort ... In meinem Kopf suchte ich nach einem Vorwand, um diesem Lackaffen kräftig in die Parade zu fahren, aber stattdessen beobachtete ich mich selbst dabei, wie ich plötzlich eine Weinflasche in der Hand hielt, die er für uns mitgebracht hatte, um uns einzuwickeln, und wie ich sie öffnete, um unsere Gläser damit zu füllen, seins und ihres und ein kleines bisschen auch mein eigenes. Und dann setzte ich mich an den Tisch und lauschte aufmerksam den Reden dieses schönen Jünglings. Und schon wenig später kam er mir zugegebenermaßen äußerst intelligent, wohlerzogen und charmant vor. Mal ganz zu schweigen von seinem Händchen für Kinder, denn das besaß er ganz gewiss. Julio wich ihm während des gesamten Abendessens nicht von der Seite, und anschließend zeigte er ihm seine Hausaufgaben und seine kompletten Zeichnungen, und der wohlgeratene junge Mann lobte ihn so sehr dafür, dass der Junge regelrecht aus dem Häuschen geriet und eine Kohlezeichnung von unserem Gast anfertigte, die ihm wirklich verblüffend ähnlich sah. Der Junge war nämlich ein geborener Künstler. Julio schenkte dem jungen Mann seine Zeichnung, und der hätte sie, was mich betraf, gern mit nach Hause nehmen können. Doch meiner Frau fiel natürlich nichts Besseres ein, als die Zeichnung auch noch mit Klebeband an der Kühlschranktür zu befestigen, wo sie ab sofort prangte. Woraufhin ich auf die wirklich dämliche Idee kam, mich mit dem Jungen zurückzuziehen, um gemeinsam auf dem Bett noch ein bisschen in unserem Tieratlas zu blättern, während der junge Mann sich mit meiner Frau zusammen auf das Sofa setzte, um mit ihr über ihre Bücher und alle möglichen anderen wichtigen Dinge zu plaudern, mit all dieser verflixten Bildung, über die sie beide verfügten, im Gegensatz zu mir.

Zu guter Letzt brachte ich den Jungen dann noch selbst ins Bett, während sich der brillante, gut aussehende junge Mann endlich verabschiedete. Und zum Abschied umarmte ich ihn noch einmal, womöglich noch herzlicher als zur Begrüßung. Und das Allerschlimmste daran war, dass ich ihm, als er schließlich durch die Tür verschwand, auch noch verträumt hinterher sah und eine gewisse Trauer nicht verbergen konnte, denn er war so ein angenehmer junger Mann, dessen bloße Anwesenheit unsere Wohnung bereits in hellerem Glanze erstrahlen ließ, sodass man sich augenblicklich wohl und geborgen darin fühlte. Und das auch noch, obwohl er wirklich den gesamten Abend über aufs Heftigste mit meiner Gattin geflirtet hatte. Das zumindest war mein Eindruck, denn er hatte sie dermaßen um den Finger gewickelt, dass sie nur noch Augen und Ohren für ihn hatte. Kurzum, ich konnte nicht umhin, ihn schon zu vermissen, noch während wir ihn im Aufzug nach unten fahren sahen und sein liebevolles Winken zum Abschied bemerkten, eine Geste, die ich ungewollt auch noch mit einer reflexartigen Handbewegung erwiderte. Ebenso ertappte ich mich dabei, wie ich sie fragte, wann unser Gast denn wiederkommen würde, und wie ich ihr dabei zu verstehen gab, dass ein so hervorragender junger Mann wirklich unsere tiefste Freundschaft verdient hätte. Ich fügte hinzu, wie sehr ich mich darüber freute, dass sie einen so überaus höflichen und interessanten Kollegen gefunden hätte, mit dem sie die langen Arbeitstage in der Bibliothek teilen könnte. Es war mir wirklich ein Rätsel, wieso ich mich so verhielt, wie ich mich eben verhielt, und wieso ich all das sagte, was ich nun einmal sagte, und noch mehr, wieso ich all diese merkwürdigen Gefühle hatte, die ich nun einmal hatte. Erschwerend kam hinzu, dass ich mich noch nie in meinem Leben so wohlgefühlt und so sehr im Einklang mit meinen Gefühlen und dem gesamten Universum befunden hatte wie jetzt, wo ich all meine Prinzipien über Bord geworfen hatte und meinem eigenen Wesen dermaßen untreu geworden war.

Es stimmte zwar, dass ich mir alle Mühe gegeben hatte, mich sämtlichen Herausforderungen meines neuen Lebens zu stellen, seit man mich damals angewiesen hatte, mein eigenes Haus anzuzünden und die Koffer zu packen. Aber niemals hätte ich mir träumen lassen, angesichts so vieler Widrigkeiten so glücklich sein zu können, und das auch noch komplett gegen meinen eigenen Willen.

Tags darauf suchte ich in der Mittagspause unverzüglich den Arzt auf. Aber der Arzt leugnete verständlicherweise, mir irgendeine seltsame Droge verabreicht zu haben. Stattdessen teilte er mir mit, dass meine Gefühle lediglich die Frucht einer perfekten Anpassung an meine neuen Lebensbedingungen darstellten, was ein Anlass zur Freude wäre und nicht etwa für unbequeme Fragen, die nichts anderes zur Folge hätten als neuerliche innere Unruhe, Überdruss und Schlaflosigkeit. Ich antwortete ihm, also da müsste er sich überhaupt keine Sorgen machen, ich würde den lieben langen Tag schon nichts anderes mehr tun, als mich zu freuen. So sehr würde ich mich freuen, dass ich schon gar nicht mehr wüsste, worüber ich mich eigentlich freute. Aber in Anbetracht der Tatsache, dass ich selbst noch meine Ahnungslosigkeit und meine Arglosigkeit feierte und mich nicht etwa darüber aufregte oder unruhig wurde, würde ich womöglich schon bald gar nicht mehr aufhören können, alles zu feiern, und selbst dieses Gespräch, das ich gerade mit ihm führte, würde Anlass zu neuer Freude bieten, allerdings vielleicht nicht ganz so sehr, wie es zweifellos Anlass zur Freude wäre, wenn ich nach diesem Gespräch seine Praxis schließlich verlassen und an meine Arbeit zurückkehren könnte.

Er fragte mich, ob ich etwas gegessen hätte, und ich antwortete nein, aber das wäre mir ebenfalls eine Freude, denn so würde ich mich später noch mehr über das Abendbrot freuen. Und dann verließ ich die ärztliche Praxis und ging vergnügt wieder ans Werk.

Irgendetwas hatten diese Stadt und ihre besonderen Gegebenheiten an sich, dass man sich einfach über gar nichts beschweren konnte, und zwar nicht etwa, weil sie einen nicht zu Wort kommen ließen, denn reden durfte man sehr wohl, sondern eher, weil man bei so viel reibungsloser Funktion einfach keinerlei Anlass für eine echte Beschwerde fand. Denn im Grunde seines Herzens fühlte man sich immer rundherum zufrieden und hatte angesichts der Abwesenheit von Sorgen und Nöten am nächsten Tag auch keinerlei Angst oder jene seltsame Form von Beklommenheit, die bei uns auf dem Land ein ständiger Begleiter gewesen war, sei es wegen des Krieges oder aus Sorge um die Familie oder wegen der Wölfe, die mit gefletschten Zähnen um die Hühner herumschlichen. Es ist schon eine seltsame Erkenntnis, wie sehr man Gefühle vermissen kann, die keine guten Erinnerungen wecken, an die man sich aber gewöhnt hat, und festzustellen, dass man so völlig angstfrei zwar wunderbar schläft, am Morgen dann aber doch mit einem komischen Gefühl aufwacht. Nachdem ich nun nämlich schon seit so langer Zeit angstfrei zu Bett ging, war ich mir schon selbst ganz fremd geworden, so wie jemand, dem ich eigentlich nicht über den Weg trauen durfte. Es gab in der Durchsichtigen Stadt keine Kirchen, also musste man für sich selbst beichten, wenn es denn einmal einen Anlass dafür gab. Außerdem wagte ich ja, wie gesagt, nicht einmal mir selbst einzugestehen, wie sehr ich das Ganze satthatte und wie sehr es mich allmählich belastete, immer so zufrieden sein zu müssen, ohne die geringste Ahnung, warum ich es war. Natürlich konnte man immer mit einem Gewerkschaftsberater sprechen, aber zugegebenermaßen fiel es mir seit meiner Ankunft in der Stadt ein bisschen schwer, irgendwem meine geheimsten Gedanken anzuvertrauen, aber vielleicht war ich ja auch schon immer so gewesen. Ich war noch nie besonders scharf darauf gewesen, anderen mit meinen Problemen in den Ohren zu liegen, denn meiner Meinung nach hat jeder schon selbst genug Probleme, und außerdem, wer schert sich in Wirklichkeit schon um die Angelegenheiten anderer Leute? Die Menschen tun immer so, als würden sie Anteil am Schicksal der anderen nehmen, aber ich glaube nicht, dass da wirklich etwas dran ist, weder hier noch sonst irgendwo auf der Welt. Ehrlich gesagt, ich glaube auch kaum, dass irgendein Priester wirklich Anteil an irgendetwas nimmt, und es ist doch wohl ein Ding der Unmöglichkeit, dass der liebe Herrgott uns tatsächlich alle beim Namen kennt. Kurzum, was ein Mann auf dem Herzen hat oder was in seinem Kopf vorgeht, ist ganz allein seine Sache. Und genau aus diesem Grund hatte ich schon seit meiner Kindheit beschlossen, meine Angelegenheiten stets für mich zu behalten. Und jetzt, wo ich mir selbst nicht mehr sicher war, woran ich eigentlich gerade zweifelte oder ob dieses oder jenes Gefühl wirklich ein echtes war, da kam ich mir plötzlich mutterseelenallein vor, und mein Schweigen war womöglich noch totaler als das des kleinen Julio. Denn der sprach meines Erachtens wenigstens zu sich selbst noch mit der klaren Stimme seiner eigenen kleinen Seele. Und genau das hatte ich verlernt, ohne es auch nur bemerkt zu haben. Es war ein bisschen so, als würden er und ich wortlos nebeneinanderher gehen.

So verstrichen die Tage ohne große Neuigkeiten, während meine endlose Freude an mir klebte wie Ziegenscheiße an Jagdstiefeln. Und als wäre das noch nicht genug, besuchte uns der adrette junge Mann aus der Leihbücherei jetzt immer häufiger. Anfangs kam er zweimal die Woche, doch schon bald verbrachte er fast jeden Abend bei uns. Er zeigte sich sehr interessiert, nicht nur an ihr, sondern auch an dem Knaben, mit dem er irgendwelche mathematischen Spielchen spielte, die zu hoch für mich waren. Auch las er Bücher mit ihm. Aber nicht etwa mein Buch, nur um das klarzustellen, denn meinen Tieratlas ließ ich verschwinden, sowie dieser Eindringling sich zeigte. Ich bin zwar nicht besonders belesen, aber ich weiß schon so manches, und ich hatte den Eindruck, dass der adrette junge Mann aus der Leihbücherei Sachen mit dem Jungen las, die viel zu hoch für ihn waren und die er nicht verstand. Trotzdem war Julio begeistert und zeichnete pausenlos Dinge mit seinen Buntstiften, die der gut aussehende junge Mann anschließend mit einem Ausdruck höchsten Erstaunens betrachtete. Ihr ging es ausgesprochen gut damit und mir angesichts meiner permanenten Verzückung natürlich auch. Nichts, aber auch gar nichts, so seltsam oder unangenehm es auch war, vermochte meine gute Stimmung zu trüben. Und so fand ich regelrecht Gefallen an der Anwesenheit dieses jungen Mannes, der uns mit so vielen Aufmerksamkeiten bedachte. Auch seinen Wein ließ ich mir schmecken, denn stets brachte er eine Flasche Rotwein mit, und manchmal legte ich mich sogar als Erster schlafen und lauschte, vor mich hin dösend, noch ein wenig all den klugen und wichtigen Sachen, die sie sich zu erzählen hatten und die mir allesamt nicht das Geringste bedeuteten.

Wie schon gesagt, störte mich diese neue Form von Alltag weder, als er begann, noch wollte es mir gelingen, mit der Zeit irgendeinen Widerwillen gegen ihn zu entwickeln. Auf der Arbeit gab ich gar damit an, was für ein schlauer Bursche dieser junge Bibliothekar, der uns jetzt so oft besuchte, doch war. Und das Seltsamste an der Sache war, dass weder meine Kollegen noch meine Kolleginnen in der Recyclingfabrik irgendwelche Bedenken angesichts meiner Situation äußerten oder hässliche Bemerkungen darüber machten. Sodass ich schließlich insgeheim dachte, dass das, was jetzt mit mir geschah, dieser ganze Anfall völlig absurder Freude über alles und jeden, der einen unweigerlich alles als völlig selbstverständlich hinnehmen ließ, dieses ganze schwammige, zwanghafte Wohlgefühl, das mich in einen willenlosen Idioten verwandelt hatte, dass all dies zuvor bereits mit ihnen geschehen war, nur eben früher als mit mir.

Ich konnte mich einfach nicht an den Gedanken gewöhnen, dass in dieser neuen Welt, in dieser Durchsichtigen Stadt, alles so vollkommen egal war. Dass es genauso wenig eine Rolle spielte, ob ein adretter Jüngling bei mir zu Hause um meine Frau herumsprang oder ich bei einem Gewerkschaftstreffen für eine höhere Zuteilung von Schmiere für die Pleuel der Traktoren stimmte. Die Traktoren quietschten zwar zugegebenermaßen entsetzlich, aber mal ehrlich, hatten diese ganzen lieben Leute hier denn wirklich gar keine anderen Sorgen? In der gesamten Stadt herrschte so viel blindes Vertrauen unter den Leuten, dass man am Ende gar nicht anders konnte, als ein bisschen Misstrauen zu hegen oder zumindest zu versuchen, ein solches Misstrauen zu hegen, denn wegen der ganzen Zufriedenheit, die einen hier plötzlich aus völlig heiterem Himmel befiel, war es gar nicht so einfach, überhaupt irgendwelche Bedenken zu entwickeln. Je mehr man sich an die Sachen gewöhnte, sei es auf der Arbeit oder bei Familienangelegenheiten, umso weniger konnte man einen inneren Widerstand aufbauen, denn selbst an jeder Kleinigkeit fand man wider Willen noch Tausende von Gründen, um komplett zufrieden damit zu sein, und alles funktionierte stets bestens. Und wenn man seinen ganzen Tag damit verbringen musste, Scheiße von hierhin nach dorthin zu karren, dann war das eben so, und man tat es gerne, und wenn man Abend für Abend ertragen musste, wie ein dahergelaufener adretter Jüngling der eigenen Frau im eigenen Zuhause den Hof machte und dabei auch noch den eigenen Nachwuchs verdarb, dann hatte man das eben zu schlucken und stellte keine sinnlosen Ansprüche. Und so gingen die Tage dahin, ohne dass man auch nur daran dachte, Widerstand zu leisten. Die Stadt war schlichtweg perfekt, und nur ein Schwachsinniger beschwert sich über etwas Perfektes. Und wenn es einfach keine schwerwiegenden Probleme gab, so wie hier, dann würde es schon sehr viel bösen Willen brauchen, um sich zu beschweren, und da man in sich selbst beim besten Willen keinen bösen Willen finden konnte, egal wie sehr man auch danach suchte, blieb einem am Ende einfach nichts anderes übrig, als widerspruchslos die Klappe zu halten. Und genau das tat ich, Tag für Tag. Ich gab keine Widerworte und hielt meinen Mund. Allerdings in vollem Bewusstsein, dass ich damit meiner eigenen Natur zuwiderhandelte. Und in vollem Bewusstsein, dass meine eigene Natur in dieser Stadt unerwünscht war und dass ich sie wahrscheinlich schon selber nicht mehr finden würde, wenn ich denn jemals wieder den Mut aufbrächte, überhaupt nach ihr zu suchen. Ich war wie jemand, der nach einem Hebel suchte, um einen Berg zu versetzen. Und wenn ich vorher »nach ihr zu suchen« gesagt habe, dann weiß ich schon jetzt nicht mehr, was ich damit eigentlich gemeint habe, ob die Stadt oder meine Natur oder irgendeine imaginäre Felsformation, denn je mehr man hier schlucken musste, umso verwirrter war man am Ende. Wie es geschehen kann, dass ein Mann seiner eigenen Natur zuwiderhandelt und wie er das bisschen an Verstand verliert, was er sein Eigen nannte, das kann ich beim besten Willen nicht sagen. Aber dass man unter bestimm-

142 |

ten Umstände sein kleines bisschen Verstand verliert, das immerhin weiß ich mit absoluter Gewissheit.

Als ich eines Tages von der Arbeit nach Hause kam, geschah am Ende doch etwas Unerwartetes, auch wenn es wahrscheinlich durchaus absehbar gewesen war.

Der adrette Jüngling war bereits vor Ort. Aber diesmal war er allein mit ihr, denn anscheinend hatte unser Junge irgendwelche außerschulische Aktivitäten, von denen er noch nicht zurückgekehrt war. Ich fragte sie, was das denn für außerschulische Aktivitäten wären, während sie sich in meiner Erinnerung hastig ihr Haar hochsteckte und den obersten Knopf ihrer Bluse schloss.

Ohne jedes Anzeichen von Scham schenkte sie mir einen zärtlichen Blick, während ihr neuer Freund sich im durchsichtigen Schlafzimmer die Hose hochzog. Während der junge Mann sich also wieder ankleidete, wartete ich ab und sagte kein Wort. Anschließend verließ er das Zimmer und erläuterte mir bis ins kleinste Detail alle außerschulischen Aktivitäten des kleinen Julio.

Wie mir der Bibliothekar mitteilte, hatten die überaus strengen Prüfungen, denen unser geliebter Julio in der Schule unterzogen worden war, ohne jeden Zweifel und übereinstimmend ergeben, dass es sich um einen besonderen Jungen handelte, und zwar um einen ganz besonderen, weshalb der gute Julio nun an einem speziellen Förder- und Orientierungsprogramm für Sonderbegabte teilnehmen durfte, mit dessen Hilfe seine Fähigkeiten erkannt und potenziert werden sollten. Selbstverständlich war ich hocherfreut darüber, aber dennoch wollte ich gerne von ihm wissen, was das alles damit zu tun hatte, dass er in meinen eigenen vier Wänden meine mir angetraute Ehefrau bumste. Und wenn ich sage, ich wollte es gerne von ihm wissen, dann soll das nicht etwa heißen, dass ich ihn auch wirklich danach gefragt hätte, denn der gute Mann war voll des Lobes für unseren Julio und lieferte mir ununterbrochen wissenschaftliche Beweise für die Aussagekraft der Tests, die sie mit dem Kind veranstaltet hatten und die – ihm zufolge, denn mir war das alles einfach zu hoch – mit vollkommener Klarheit belegten, dass es sich um einen völlig einzigartigen Fall handelte, der bei Weitem alles übertraf, was man bei besonders begabten Kindern sonst so zu sehen bekam. Ich fragte mich gerade, was das wohl für Sachen wären, die man üblicherweise bei besonders begabten Kindern zu sehen bekam, da verschaffte mir der junge Mann auch darüber Klarheit. Und zwar, indem er mir freimütig gestand, dass er selbst ein besonders begabter junger Mann war, vielleicht nicht ganz so begabt wie unser Sohn, aber immerhin ... und dass Julio in allen Bereichen, in denen er selbst als ein ganz besonderes Exemplar angesehen worden war, noch einmal doppelt so besonders war. Was mich wiederum sehr freute, denn so war wenigstens ein Familienmitglied, wenn auch nicht ich selbst, diesem wunderbaren Jüngling in irgendetwas haushoch überlegen.

Allerdings korrigierte der Kerl meinen ersten Eindruck gleich wieder mit dem Hinweis darauf, dass die Art und Weise, auf die der Junge etwas Besonderes war, nichts mit der Art und Weise zu tun hatte, auf die er selbst etwas Besonderes war, und dass diese Besonderheiten sozusagen völlig entgegengesetzt wären.

Bei dieser ganzen verklausulierten Sprache wurde mir schon ganz schwummrig, und so blieb mir schließlich nichts anderes übrig, als ihn geradeheraus zu fragen, ob unser Junge denn nun ganz besonders schlau oder ganz besonders blöde wäre. Eine solche Frage wies der junge Mann freilich entschieden zurück, denn insbesondere Fragen wie diese würden die Welt für besondere Menschen so ungerecht machen. Und da ich all diesen besonderen Menschen gegenüber nicht ungerecht erscheinen wollte, wie übrigens auch keinem anderen Menschen gegenüber, da dies aber meine einzige aufrichtige und ehrliche Frage war, hielt ich konsequenterweise ab sofort meinen Mund.

Anschließend erklärte mir meine Frau dann noch, dass das Erziehungskomitee angesichts der so außergewöhnlichen Voraussetzungen von Julio beschlossen hatte, dass der Junge nicht nur ein maßgeschneidertes Fortbildungsprogramm benötigte, das nichts mit der Ausbildung seiner anders gearteten Altersgenossen gemein hätte, sondern dazu auch noch einen persönlichen Tutor brauchte, eine Hilfsperson, die ihm in den kommenden Jahren stets als zusätzlicher Ratgeber zur Seite stehen sollte. Und ich muss schon sagen, es überraschte mich kein bisschen, wen sie für eine so bedeutsame Aufgabe auserkoren hatten. Niemand Geringeren nämlich als unseren jungen und so überaus fähigen Freund, der großzügigerweise seine Versetzung von der öffentlichen Leihbücherei hierher angeboten hatte, damit er sich persönlich rund um die Uhr nicht nur um das Wohlergehen von Julio kümmern konnte, sondern, wie am späten Nachmittag zu sehen gewesen war, auch um das unserer gesamten kleinen Familie.

Ich war über die neuen Entwicklungen dermaßen außer mir vor Freude, dass ich beinahe Purzelbäume geschlagen hätte, und so blieb mir nichts anderes übrig, als mich ins Badezimmer zurückzuziehen, um dort meine Euphorie etwas zu kanalisieren und in meiner Seele ein wenig nach meinem ursprünglichen Wesen zu schürfen, doch sosehr ich mich auch bemühte, ich wurde nicht fündig. Und das, was meine Frau und dieser selbst ernannte zusätzliche Ratgeber für mein brandneues Familienleben jetzt durch die transparenten Wände sehen konnten, während ich erfolglos versuchte, in Tränen auszubrechen, war genau dasselbe, was auch ich, und zwar sehr zu meinem Unwillen, im Spiegel sah: das Gesicht eines Mannes, der absurderweise völlig mit seinem Schicksal im Reinen war.

Am Abend, als Julio schließlich von seinen außerschulischen Aktivitäten nach Hause kam, feierten wir gemeinsam die guten Nachrichten, die ganze Familie, also sie, ich, unser Junge und natürlich der junge Mann, der zuvor Bibliothekar und nun unser Tutor war, und anschließend gingen wir alle, und damit meine ich uns alle, ihn eingeschlossen, gemeinsam ins Bett.

Also, na ja, ich eigentlich nicht.

Denn von da an schlief ich auf dem Sofa.

Während sie und der junge, adrette Thronräuber nun also zusammen in das Bett stiegen, welches ich zuvor das meine genannt hatte, blätterten Julio und ich wieder in unserem alten Tieratlas, und der Junge bekam leuchtende Augen, als er die ganzen seltsamen Tiere sah, und beim Schnabeltier bekam er einen regelrechten Lachanfall.

Ich wusste nicht, was genau so besonders an dem Knaben sein sollte, aber ich muss schon sagen, ich hatte den Eindruck, dass er wirklich ein ziemlich schlauer Bursche war.

Die nächsten Tage verstrichen ohne weitere Vorkommnisse. Auf der Arbeit war alles in Ordnung, keine Missgeschicke, Unfälle oder Konflikte. Mein Berater schlug mich für eine Beförderung vor, die allerdings auf sich warten ließ. Mir war das egal. Über die Beförderungen wurde in der Gewerkschaft abgestimmt, und da schien die Wahl immer auf jemand anders zu fallen. Die Wahrheit ist, nicht einmal ich selbst stimmte für meine Beförderung, denn ich wollte diese Beförderung nicht. Für mich war alles gut, so wie es war. Ich hatte mich daran gewöhnt, meine Arbeit widerspruchslos zu erledigen, fast schon freudig, wie hätte es auch anders sein können. Außerdem nahm ich an noch unzähligen weiteren Abstimmungen teil: Wir wählten einen Stellvertreter für unsere Sektion, einen Chef für die Auftragsvergabe und irgendjemanden, der für irgendetwas zuständig war, woran ich mich beim besten Willen nicht mehr erinnere. Alle zwei oder drei Wochen gab es eine neue Abstimmung, es waren so viele, dass man am Ende völlig den Überblick verlor. Andererseits funktionierte in der Stadt alles wie am Schnürchen und war im Grunde prima geregelt, und ich hatte auch keine Vorstellung davon, was man da hätte besser machen können. Und all das zusammen ließ den Überdruss nur immer größer werden, wenn man schon wieder über etwas abstimmen sollte.

Julios netter junger Tutor fügte sich quasi nahtlos in unser neues Leben ein. Und auch bei mir klappte es ganz prima.

Nur ein einziges Mal ließ ich mir einfallen, meine Frau zu fragen, ob sie mich denn gar nicht vermisste. Sie meinte, eigentlich nicht, denn ich wäre ja immer in ihrer Nähe. Außerdem sagte sie, so etwas käme schon mal vor in einer Beziehung, man sollte das Ganze nicht so wichtig nehmen. Und sie meinte, ich hätte mich ziemlich verändert, ich wäre nicht mal mehr der Schatten des Mannes, der ich einmal gewesen war. Ich dankte ihr recht herzlich für ihre offenen Worte.

Da ich jetzt jede Menge Freizeit hatte und zu Hause nach der Arbeit nicht mehr viel zu tun war, schrieb ich mich für einen Kurs ein, in dem es um persönliches Wachstum ging. Ich lernte, mich adäquat auszudrücken und Prioritäten zu setzen. Der Kurs war kostenlos, wie alles in dieser verflixten Stadt, aber man lernte wirklich unglaublich viel, und das in kürzester Zeit. Nachdem ich gelernt hatte, wie man Prioritäten setzt, stellte ich fest, dass ich gar keine Prioritäten hatte, aber meine Lehrerin meinte, ich sollte mir darüber keine Gedanken machen. Der Kurs würde mir nämlich auch nützlich dabei sein, jede Menge andere Dinge zu sortieren, zum Beispiel die Socken in meiner Schublade. Und da hatte sie recht, denn seither herrschte wirklich perfekte Ordnung unter meinen wenigen Habseligkeiten. Als ich es langsam leid wurde, alles immer aufzuräumen und mich daran zu ergötzen, wie schön ordentlich jetzt alles war, meldete ich mich für eine Tischtennismeisterschaft an, die von der Gewerkschaft organisiert wurde. Für Tischtennis besaß ich ein echtes Talent. Und das tat meinem Selbstwertgefühl gut. Mein Trainer meinte, wenn ich mir noch ein bisschen mehr Mühe gäbe, könnte er mich vielleicht für die nationale Meisterschaft der Senioren der Gewerkschaft für Exkrementtransport anmelden. Ich fragte ihn, wo denn dieser Wettbewerb ausgetragen würde, woraufhin er meinte, überall im Lande. Diese Idee gefiel mir ausgesprochen gut, denn ich hatte immer noch nicht genau verstanden, in welchem Land ich überhaupt lebte und was eigentlich mit dem ganzen Land da draußen geschehen sein mochte. Und so ergäbe sich für mich vielleicht ja die Gelegenheit, dieses neue Land etwas besser kennenzulernen. Es würde mir Spaß machen, ein bisschen durch die Gegend zu fahren oder durch das, was vielleicht noch davon übrig war. Eventuell würde ich ja sogar meine alten Jagdgründe wiedersehen, man wird ja wohl noch von etwas träumen dürfen. Ich begann also, wie ein Besessener zu trainieren und schlug alle meine Gegner, einen nach dem anderen, und wie nicht anders zu erwarten, machte ich mir damit nicht gerade viele Freunde. Im Speisesaal wurde ich geschnitten, die meisten Leute sind schlechte Verlierer. Also begann ich, gelegentlich mit Absicht zu verlieren. Das war ein Test, um herauszufinden, ob ich dann vielleicht nicht mehr geschnitten würde. Aber dafür war es schon zu spät. Manche Leute sind eben nicht nur schlechte Verlierer, sondern dazu auch noch rachsüchtig. Jedenfalls bekam mir das ganze Tischtennis am Ende gar nicht gut, und darüber war ich wütend, denn ich glaubte, ein echtes Naturtalent zu sein. Aber dadurch, dass ich die anderen hin und wieder gewinnen ließ, rutschte ich ab in den Rankings, ohne dass ich mir dadurch die Gunst meiner Mitmenschen zurückerobert hätte. Mir wurde klar, dass der Hass, den ich durch meine Siege heraufbeschworen hatte, nicht so schnell durch eine gelegentliche Niederlage wieder ausgeglichen werden konnte. Die nationale Meisterschaft der Gewerkschaft fand also ohne mich statt, und es gab einen anderen Sieger. Trotzdem ließ ich es mir nicht nehmen, gelegentlich nachmittags eine Partie zu spielen, denn es lenkte mich ab, unabhängig davon, ob ich gewann oder verlor.

Ich war nicht das einzige Familienmitglied, das in dieser Zeit gewaltige Fortschritte machte, auch wenn bei mir diese Fortschritte nicht sehr viel Konkretes bewirkten. Julio ging jetzt auf die Schule für Sonderbegabte und begeisterte dort all seine Lehrer. Er bekam so viele Auszeichnungen, dass wir gar nicht mehr wussten, wohin damit. Er war ein gesunder, starker und glücklicher Bursche. Zu mir hatte er weiterhin ein vertrauensvolles Verhältnis. Auch wenn er jetzt immer mehr Zeit in seinen Kursen verbrachte oder mit seinem Tutor, der inzwischen bei uns lebte und mit meiner Frau ins Bett ging, wusste Julio doch noch immer ganz genau, dass ich am Ende sein Vater war. Oder zumindest die Person, die er am ehesten als seinen Vater bezeichnen konnte. Manchmal kam er zu den Tischtenniswettkämpfen und feuerte mich bis zum Umfallen an, selbst wenn ich absichtlich verlor. Aber vermutlich konnte er das nicht so gut einschätzen.

Wir waren stolz aufeinander.

Meine überwältigend gute Laune kam mir mit der Zeit immer natürlicher vor, auch wenn sie das keineswegs war. Wahrscheinlich stumpfte ich langsam, aber sicher ab. Jedenfalls wunderte ich mich immer weniger darüber, dass mich wirklich schier gar nichts aus der Fassung zu bringen vermochte.

Ich begann mich zu langweilen wie ein alter Hund. Vielleicht nahm ich jetzt einfach die Dinge so, wie sie nun mal waren und immer sein würden, bis irgendwer oder irgendwas sie dann doch veränderte. Wie ein alter Hund, der sich hinlegt und in sein Schicksal fügt, legte auch ich mich hin und befolgte fortan schläfrig die verborgenen Befehle meines Schicksals.

Wenn man einmal akzeptiert hat, dass man in Gottes Plan keine besondere Rolle spielt, führt man schließlich das Leben, das für einen bestimmt ist, und bleibt mit beiden Händen und beiden Füßen in dem Kreis, der von einer unsichtbaren Macht in den Sand gezeichnet wurde. Man tritt nicht mehr über die Grenzen oder begehrt, was einem gar nicht zusteht.

Meine unbegründete Freude und ich, wir akzeptierten uns allmählich, aber das sagte ich ja bereits. Und so merkte ich am Ende kaum noch, dass ich eigentlich stets ein bisschen allzu sehr zufrieden mit allem war.

Nachts schlief ich ruhig. Ich legte mich aufs Sofa, direkt gegenüber von Julios Bett, und dann sahen er und ich uns in die Augen, bevor wir die Schlafbrillen aufsetzten und erschöpft in Morpheus Arme sanken. Ich wünschte ihm Gute Nacht, und er lächelte mich an und sagte kein Wort. Denn er redete immer noch nicht. Aber die Ärzte versicherten uns, dass mit seinem Hals und seinen Stimmbändern alles in Ordnung wäre. Er zog es also wohl einfach vor zu schweigen. Mir kam es zwar ein bisschen merkwürdig vor, dass es jemand vorziehen sollte, niemals auch nur ein einziges Wort von sich zu geben, aber gut, ich bin ja schließlich kein Arzt, und der Junge gedieh ansonsten prächtig. Meine Frau dagegen sah nicht besonders glücklich aus. Vermutlich tat sie das alles nur für unseren Julio, und sie schlief wohl auch nur deshalb mit dem wunderbaren jungen Tutor. Sie und ich, wir sprachen nicht mehr so oft miteinander. Schließlich war sie jetzt fast immer mit dem adretten jungen Mann zusammen, der auf mich inzwischen nicht mehr ganz so adrett und ganz so jung wirkte. Sogar ein paar Haare waren ihm bereits ausgegangen.

Ich meinerseits hatte das eine oder andere erotische Abenteuer, also eigentlich bloß zwei, jeweils mit einer jungen Dame vom Befriedigungsservice, einer Frau also, die man früher schlicht als Hure bezeichnet hätte. Aber hier war das anders, und zwar aus gutem Grund, denn der Service war vollkommen kostenlos, und die Damen waren ausgesprochen zärtlich und zuvorkommend. Der einzige Grund, warum ich ihre Dienste nicht viel öfter in Anspruch nahm, war, dass ich mich einfach nicht daran gewöhnen konnte, es in einem dieser durchsichtigen Puffs zu treiben, während alle mir dabei auf den Schwanz gucken konnten. Außerdem wurde meine Frau über solche Besuche stets in Kenntnis gesetzt. Aus irgendeinem unerfindlichen Grund musste man in der Durchsichtigen Stadt nämlich über alles, was man tat, Rechenschaft ablegen. Auch wenn alles weithin sichtbar war und es nirgends einen Platz zum Verstecken gab.

Außerdem hatte ich mit einer Kollegin in der Fabrik ein kurzes Stelldichein, aber da haben wir nur ein bisschen unter der Dusche herumgefummelt, nicht mehr. Ich kann mich unter einer Dusche, wo man für jedermann sichtbar ist, nämlich einfach nicht konzentrieren, und das ist der Sache abträglich. Anderen allerdings machte das nicht so viel aus, denn es vergeht so gut wie kein Tag, an dem nicht der eine oder andere Kollege mit einer Kollegin beim Duschen ein hübsch anzusehendes Nümmerchen schiebt. Aber wie gesagt, mir fällt es einfach schwer, mich an diese ganze Sichtbarkeit zu gewöhnen. Ich nehme mal an, es hängt damit zusammen, dass ich ziemlich altmodisch bin, und es am liebsten im Dunkeln treibe, was in dieser Welt ja ein Ding der Unmöglichkeit ist.

Ich wüsste übrigens nicht, wo auf der Welt es davon mehr geben könnte als hier, in der Durchsichtigen Stadt: Helligkeit. Man mag über Helligkeit denken, was man will, aber eins steht fest: Wenn es insgesamt zu viel davon gibt und alles nur noch Helligkeit ist, dann lösen sich darin alle Geheimnisse auf, alle Rätsel und alle unsere geheimen Wünsche. Und wenn man immerzu alles sieht, wird man am Ende ganz müde und verliert die Lust, sich überhaupt noch irgendetwas anzusehen. Ich erinnere mich noch, wie man auf dem Land bei der Mahd ganz von selbst den Schatten suchte, ohne darüber nachzudenken. Das war etwas völlig Natürliches. Und genau von dieser Natürlichkeit, in der es noch echte Winkel und Schatten gibt, könnten die Architekten, die diese gläserne Stadt erschaffen haben, meiner Meinung nach etwas lernen. Diese gläserne Stadt, in der alles so ununterbrochen lichtdurchflutet ist, so klar und perfekt.

Bei uns auf dem Land brannte die Sonne manchmal regelrecht vom Himmel. Man hielt es dann weder drinnen aus noch draußen. Nachts rissen wir die Fenster auf und tranken Limonade. Aber nichts konnte verhindern, dass uns der Schweiß in Strömen am Körper hinunterlief und wir vor Hitze fast erstickten. Doch dann drehte sich das Rad der Jahreszeiten weiter, und schon lebten wir wieder ein vollkommen anderes Leben, in einer Welt, die jener anderen in allem völlig entgegengesetzt war. In harten Wintern suchten wir Schutz unter Decken, aßen unser Abendessen direkt am Ofen und umwickelten unsere Hände mit Lappen, damit wir keine Erfrierungen erlitten. Auf dem Land lernt man, Grenzen zu respektieren, Grenzen der Kraft und Grenzen des Charakters, denn dort hat die Erde das letzte Wort.

In diesem anderen Leben hier schien es überhaupt niemanden zu geben, der das Sagen hatte. In jenem Leben dagegen, das ich aus Gewohnheit noch immer als mein eigenes betrachtete, schien nichts und niemand Kontrolle auszuüben, und doch verhielt man sich anständig und gehorsam, auch wenn man nie mit Gewissheit sagen konnte, wem oder was man eigentlich gehorchte. Möglich, dass man sich der Glut der Holzscheite im Ofen unterwarf, vielleicht auch den Wanzen, die sich in den Wollmatratzen eingenistet hatten, oder dem Schmutz unter den eigenen Nägeln. Man gehorchte der Kälte oder der Hitze. Denn richtet man sich nach der Natur, finden die Dinge meiner Meinung nach zu einer Ordnung oder organisieren sich von selbst. Man gehorcht etwas Rotem oder etwas Schwarzem oder etwas Weißem einfach besser als dieser ganzen durchsichtigen Transparenz. Etwas, das real ist und etwas anderes bedeckt, löst immerhin eine Reaktion aus. Denn verdeckt man eine Sache, wird eine andere dadurch sichtbar. Und genau aus diesem Grund vergeht einem auch jede Lust, wenn alles immer zu sehen ist. Niemand möchte auf die Jagd gehen und dabei feststellen, dass sich die Tiere entgegen ihrer Natur und ihres Instinktes nicht mehr verstecken. Und meiner Meinung nach ist aus genau diesem Grund auch niemand gerne immerzu sichtbar. Insbesondere, wenn er ahnt, dass er in diesem Spiel die Beute ist. Kurz gesagt, ich verstand dieses Leben nicht, in dem es weder Leid noch schlechtes Wetter gab, und ich wollte es auch gar nicht verstehen.

Ansonsten fehlte es uns in der Durchsichtigen Stadt an absolut nichts. Zu Weihnachten durften wir uns sogar etwas schenken. Ein Geschenk pro Person gab es, von einer Liste nützlicher Dinge, die uns vor dem Fest ausgehändigt wurde. Nagelknipser, Untersetzer, besondere Eierbecher für weich gekochte Eier, Salben gegen Muskelreizungen (manchmal hatte ich vom Tischtennistraining ziemliche Schmerzen) ... so Sachen eben. Man musste nur sein Kreuz an einer bestimmten Stelle machen, und schon erhielt die entsprechende Person das für sie ausgesuchte Geschenk. Es war also weder besonders lustig noch irgendwie speziell. Aber immerhin waren es doch Geschenke, und Weihnachten gewann damit ein bisschen an Glanz. Ich bekam mehr Salben, als ich in meinem ganzen Leben hätte aufbrauchen können, wo ich doch aktuell eigentlich bloß eine kleine Verletzung am Ellbogen hatte. Aber in der Durchsichtigen Stadt funktionierte alles so: Von dem, was man nicht wollte, bekam man jede Menge, und das, was man wirklich brauchte, gab es nie.

Außer Weihnachten und dem Tag des Sieges existierten keine weiteren Feiertage. In Wahrheit war der Tag des Sieges der Tag der Niederlage für uns alle, die wir in dieser Stadt lebten, aber niemand schien sich noch daran zu erinnern, auch ich nicht. Auf den Straßen wurden lange Bänke aufgestellt, und es gab Freibier, und die Würstchen waren umsonst. Es war fast ein bisschen wie auf einem Volksfest, und die Leute amüsierten sich prächtig, mich übrigens eingeschlossen, und alle sahen rundherum glücklich aus. Wenn Sie mich fragen, hätten sie es den Tag der Evakuierung nennen sollen oder den Tag der endgültigen Verschleppung oder den Tag des Jetzt-ist-Schluss-mit-deinem-bisherigen-Leben. Aber mich fragte ja keiner, also behielt ich meine Meinung für mich.

Freundschaften schlossen wir kaum, also ich zumindest, aber meine Frau ging gelegentlich mit ihrem schmierigen Tutor zu einem Lesezirkel, bei dem sie offenbar mit anderen gebildeten Leuten über ihre Bücher redeten. Eingeladen wurde ich nie. Aber selbst wenn, hingegangen wäre ich sowieso nicht. Ich hatte noch nie besonders viel für Bücher übrig, es sei denn, es waren Zeichnungen darin, von Tieren oder Landschaften. Und so recht will sich mir auch nicht erschließen, wieso man Sachen, die frei erfunden sind, so viel mehr Bedeutung zumisst als Dingen, die wirklich sind und real. Manchmal habe ich den Eindruck, dass sich alle Taugenichtse dieser Welt in irgendwelche Fantasiewelten flüchten und dass echte Männer, so wie ich, handfeste Fakten bevorzugen, aber lassen wir das.

Was meine Kollegen angeht, so sagte ich ja bereits, dass sie mich umso schlechter behandelten, je mehr Erfolg ich beim Tischtennis hatte, und mein Trainer, der anfangs so große Stücke auf mich gehalten hatte, wandte sich jäh von mir ab, als ich anfing, absichtlich zu verlieren. Und so stand ich am Ende ziemlich isoliert da und musste mir Vorwürfe von der einen wie von der anderen Seite gefallen lassen. Zur Zerstreuung ging ich ab und an ins Kino, aber da liefen nur uralte Filme, meist Musicals. Und die machen mich immer ein bisschen nervös, denn ich kann wirklich nur schwer begreifen, wieso die Leute da unablässig tanzen und singen, wo man doch normalerweise eigentlich einfach nur geht und spricht. Ich habe ein paarmal versucht, die Sache zu thematisieren, aber es gab immer den einen oder anderen im Saal, der mich aufforderte, die Klappe zu halten. Was ich nachvollziehbar finde. Es ist schließlich ausgesprochen lästig, wenn man im Kino sitzt und sich einen Film ansieht, und dann kommt einer daher und macht blöde Bemerkungen. Schließlich bin ich selbst schuld, wenn ich mich bei Musicals langweile.

Alles in allem schlug ich mit dem Kino also bloß ein bisschen die Zeit tot, damit ich nicht zu Hause herumsitzen musste, denn dort kam ich mir überflüssig vor, auch wenn das noch keiner offen sagte und es mich weder störte noch ärgerte noch überhaupt im Geringsten interessierte. Ich fühlte mich allerdings wohl in der Gesellschaft unseres Jungen, und, so wie es aussah, er sich auch in meiner, aber da er ja verstummt war und ich kein besonders großer Redner, konnte man nicht gerade behaupten, wir hätten uns sehr viel zu sagen gehabt. Wir lachten oft miteinander, aber ich kann nicht so recht sagen, worüber. Wir wurden einfach Freunde. So wie ein Hund und ein Kind. Wortlos. Alles andere war mir eigentlich ziemlich schnuppe.

Ich glaube, unbewusst hatte ich inzwischen die Lust und das Interesse an fast allem verloren. Politik war mir vollkommen egal, sowohl Innenpolitik als auch Außenpolitik, und selbst in der Fabrik gelang es mir mehr schlecht als recht, mich für die Aktivitäten der Gewerkschaft zu interessieren. Schließlich regelten sie ja offenbar alles ganz perfekt, ohne dass ich auch nur das Geringste dazu beitragen musste, obwohl sie uns bei jeder Kleinigkeit um unsere Meinung baten und darüber abstimmen ließen. Doch mir fehlt sowohl die Fähigkeit als auch der Verstand und erst recht die Lust, andere zu kritisieren.

Manchmal ging ich lange spazieren, aber niemals drehte ich größere Runden. Stattdessen lief ich immer im Kreis und sah mir durch die Wände die Leute an, die Leben, die sie dahinter führten und die sich in so gut wie nichts von meinem eigenen unterschieden. Dabei war mir Neid und Rachsucht meinen Mitmenschen gegenüber fremd. Nur ganz selten einmal, wenn ich ein besonders zärtliches oder leidenschaftliches Paar beobachtete, vermisste ich doch ein bisschen, was sie und ich einmal hatten, als wir noch nicht von zu Hause vertrieben worden waren. Auch erinnere ich mich daran, mir auf einem meiner Spaziergänge ganz kurz einmal gewünscht zu haben, der Mann zu sein, den ich auf der Straße herumbrüllen hörte, auch wenn er ganz offensichtlich gestört war. Der Ärmste brüllte sich die Seele aus dem Leib, ohne dass sich irgendwer darum gekümmert hätte. Er war vollkommen außer sich, und ich vermute, dass es seine Wut war, von der ich gerne etwas mehr gehabt hätte, eine Wut, die ich plötzlich entsetzlich vermisste.

Die Zeit verging wie im Flug, und fast wäre noch viel mehr Zeit verstrichen, von der es nicht allzu viel zu erzählen gegeben hätte, wäre ich nicht eines Tages aus heiterem Himmel auf die Idee gekommen, das Tischtennistraining ausfallen zu lassen und, statt wie jeden Tag zum Nachmittagstraining in die Sporthalle zu gehen, den Weg in meine alte Kneipe einzuschlagen. Ich hatte seit gefühlt einer Ewigkeit kein Bier mehr getrunken, und eigentlich hatte ich es auch kaum vermisst, aber an jenem Tag kehrte mein Durst zurück. Es geht die Sage, es wäre wesentlich einfacher, einen Mann aus seiner angestammten Umgebung herauszuholen als seine angestammte Umgebung aus ihm. Und vielleicht ist da etwas dran.

Ich fand die Kneipe erst nach einigen überflüssigen Runden, denn in dieser Stadt sieht alles so dermaßen gleich aus, dass man jeden zurückgelegten Weg auf der Stelle wieder vergisst. Aber dann, als ich wieder einmal in eine dieser immer gleichen Straßen einbog, stand ich plötzlich davor. Da war sie, noch genauso voll und durchsichtig wie eh und je. Ich setzte mich an die Theke und bestellte ein eiskaltes Bier. Und kaum hatte ich meinen ersten Schluck getrunken – weder auf dieser Welt noch auf irgendeiner anderen existiert etwas Besseres als dieser erste Schluck eiskaltes Bier –, da tippte mir jemand auf die Schulter. Ich drehte ich mich um, und wer stand da? Mein alter und einziger Freund, der ehemalige Bezirksvorsteher. Was haben wir uns zur Begrüßung umarmt! Selbstverständlich setzte er sich gleich neben mich, bestellte sich selbst ein Bier, und schon unterhielten wir uns wieder wie zwei alte Freunde, obwohl wir das eigentlich gar nicht waren. Weder in seinem Leben noch in meinem war groß etwas passiert, aber das spielte keine Rolle. Unsere durch die gemeinsame Herkunft quasi zwangsläufige Komplizenschaft brachte uns erneut angeregt ins Gespräch. Über all das Gute, was uns widerfahren war, freute er sich in höchstem Maße, über das Tischtennis zum Beispiel und über die Sonderbegabung unseres Jungen, dem als Belohnung für seine Einzigartigkeit pausenlos irgendwelche Ehrungen zuteilwurden. Er selbst hatte keine Kinder und projizierte, wie so viele Kinderlose, irgendwelche magischen Fähigkeiten in sie hinein, als würden sie nicht auch einfach immer älter werden, bis sie am Ende genauso waren wie wir. Also wiederholte er pausenlos, was Kinder für ein unermesslicher Schatz wären, das größte Glück auf Erden, ein Geschenk Gottes und das Salz in der Suppe sozusagen. Als ich ihn fragte, wie es denn bei ihm gerade so liefe, stellte ich fest, dass ich fast gar nichts über ihn wusste. Das fing schon damit an, dass ich nicht wusste, was er getan hatte, bevor er im Krieg Bezirksvorsteher geworden war, und erst recht nicht, was er eigentlich gegenwärtig für einer Beschäftigung nachging. Er sagte, er hätte vor dem Krieg als Regelmechaniker in einer Gießerei gearbeitet, aber in der Durchsichtigen Stadt würde ihm das nicht viel nutzen, weil es hier keine Schwerindustrie gäbe, und deshalb hätten sie ihn im ersten Jahr als Fensterputzer eingesetzt, denn Fenster gab es hier nun wirklich jede Menge. Ein Jahr später wurde er dann in Anerkennung der hervorragenden Arbeit, die er bei der Evakuierung unserer Region geleistet hatte, auf einen herausgehobenen Posten im Auffanglager befördert. Ich hatte nicht die leiseste Ahnung, dass es noch immer ein Auffanglager gab, ich dachte, dass sie uns längst alle aufgenommen hätten. Er aber meinte, es kämen ganz im Gegenteil täglich weitere Nachzügler hinzu, mindestens einer oder zwei. Nachzügler, so nannte man

Leute, die auf die eine oder andere Art um die Evakuierung herumgekommen waren. Manchmal waren es Ältere, die sich über die Anweisungen hinweggesetzt hatten. Mehrheitlich aber waren es Reste des aufgeriebenen gegnerischen Heeres. Soldaten, die sich in die Berge geflüchtet oder mitten in der Wüste in Erdlöchern versteckt hatten, damit sie ihre Waffen nicht abgeben mussten. Dabei handelte es sich nicht etwa um organisierten Widerstand, sondern mehr um kleine versprengte Gruppen von Freischärlern, die eine nach der anderen kapitulieren mussten. Manchmal waren es auch einfach unbewaffnete Leute, die gar keine bösen Absichten hegten, sondern lediglich außerhalb der Durchsichtigen Stadt leben wollten. Da fielen mir plötzlich wieder meine beiden Söhne ein, Augusto und Pablo, und es kam mir seltsam vor, dass ich nicht bereits viel früher oder viel öfter oder immerzu an sie gedacht hatte, und ich wollte wissen, ob sie nicht vielleicht auch unter diesen Leuten gewesen sein könnten. Er meinte, seit er den Posten hat, wären mehr als zweihundert Nachzügler angekommen, und bloß vom Namen her könnte er das beim besten Willen nicht sagen. Außerdem wären solche Informationen vertraulich. Ich fragte ihn, ob ein Vater hier nicht nach seinen eigenen Kindern suchen könnte, und er antwortete, das wäre zwar eher unüblich, aber erkundigen könnte er sich schon. Ich sollte mir aber keine allzu großen Hoffnungen machen. Wir beließen es also dabei und verabredeten uns für ein nächstes Mal. Ich erinnerte ihn daran, dass er mir noch einen Besuch bei mir zu Hause schuldig wäre, denn schließlich hätte ich ihn vor einiger Zeit für sonntags zum Abendessen eingeladen, und bisher wäre er noch nicht da gewesen. Er entschuldigte sich erst damit, dass er ziemlich zerstreut wäre, gab aber auf meine Nachfrage hin ziemlich schnell zu, nach unserem ersten Treffen in der Kneipe eine ziemlich hübsche junge Dame kennengelernt und alles andere darüber vergessen zu haben. Ich erkundigte mich pflichtschuldigst, was denn aus der betreffenden Dame geworden wäre, und er sagte, nichts wäre daraus geworden, mit einem anderen wäre sie abgehauen. Zug um Zug gestand ich ihm nun meinerseits, dass es um mein eigenes Liebesleben gerade auch nicht sonderlich gut bestellt war. Auch von diesem Schwachkopf, der in meine Wohnung gezogen war und es sich im Bett mit meiner Frau bequem gemachte hatte, berichtete ich ihm.

Da sagte er, das sei hier so üblich, ob ich mich denn nicht an den Witz mit dem Pferd erinnerte, das in Wirklichkeit Rechtsanwalt war, und an den Mann, der es zusammen mit seiner Frau im Bett erwischt hatte, als er von der Arbeit kam. An die Pointe des Witzes erinnerte ich mich nicht mehr, aber da er sich schüttelte vor Lachen, als er sich das Ganze noch einmal bildhaft vor Augen führte, stimmte ich in sein Gelächter ein, und so lachten wir schließlich beide lauthals, ohne so recht zu wissen, wieso und warum. Und je mehr wir lachten, umso mehr Bier bestellten wir oder umgekehrt. Jedenfalls, als wir die Kneipe verließen, hatten wir beide ordentlich einen sitzen und verabschiedeten uns mit einer Umarmung, die wir mit dem Versprechen untermauerten, uns morgen zur selben Zeit wieder am selben Ort zu treffen. Nur die Pointe des Witzes war mir noch immer entgangen.

Da meine Tage recht eintönig verliefen, fiel es mir am nächsten Morgen auf der Arbeit schwer, mich zu konzentrieren. Ich musste immerzu daran denken, wie viel Freude mir mein Wiedersehen mit meinem Freund in der Kneipe bereiten würde und dass ich eventuell Informationen darüber erhalten könnte, wie es meinen Söhnen ergangen war.

Aber niemand hätte mir etwas anmerken können, denn meinen Job erledigte ich mittlerweile buchstäblich im Schlaf. Nur für mich selbst fühlte sich alles anders an. Nicht unbedingt glücklicher, denn Glück war ja bedauerlicherweise mein Dauerzustand. Aber endlich interessierte mich wieder etwas, und das fühlte sich wirklich äußerst merkwürdig an. Um die Fehler vom letzten Mal nicht zu wiederholen, stattete ich nach der Arbeit erst einmal der Sporthalle einen Besuch ab und entschuldigte mich mit einer angeblichen Verletzung. Und mein Trainer, der sich meiner Ansicht nach gar nicht wirklich für Tischtennis interessierte, stellte keine weiteren Fragen und gab mich frei. Ich ging zur Kneipe, setzte mich mit meinem Bier an den Tresen und wartete. Und wartete und wartete. Doch der ehemalige Bezirksvorsteher kam nicht. Ich fragte mich, ob mein Landsmann wohl jedes Mal, wenn ich eine Verabredung mit ihm hatte, ein neues Techtelmechtel anfing und die Verabredung einfach vergaß. Aber das erschien mir wenig wahrscheinlich. Also fragte ich mich, ob der ehemalige Bezirksvorsteher mich vielleicht ja absichtlich mied. Doch das schien mir wiederum nicht so recht zu dem Enthusiasmus zu passen, den er bei unseren ersten beiden Treffen an den Tag gelegt hatte. Als es langsam so spät wurde, dass man sich zu Hause schon Sorgen um mich machen würde, strich ich schließlich die Segel. Nicht dass ich mir allzu viele Gedanken darüber machte, welche Vorwürfe ich nun von ihr zu hören bekäme, sie stieg schließlich direkt vor meiner Nase mit einem anderen Mann ins Bett. Aber der Gedanke, diesem dämlichen Tutor eventuell irgendwelche Auskünfte erteilen zu müssen, war mir schlechterdings unerträglich. Seit er bei uns eingezogen war, hatte er sich große Mühe gegeben, uns alle zu beschützen und dabei stets so getan, als würde von seinem Tun unser gesamtes Leben abhängen.

164 |

Ich verstand jedenfalls beim besten Willen nicht, was sie an diesem Individuum bloß finden mochte, einmal abgesehen von seinem nach wie vor offensichtlichen guten Aussehen und seiner alles überstrahlenden Intelligenz.

In jener Nacht fiel es mir schwer, in den Schlaf zu finden, weil ich an Augusto und Pablo denken musste, und das wesentlich mehr als in den vergangenen Jahren. Und ich machte mir schwerste Vorwürfe, dass ich nicht bereits vorher etwas häufiger an sie gedacht und etwas unternommen hatte, um sie ausfindig zu machen. Und auf einmal fand ich es seltsam, dass auch meine Frau, immerhin ihre Mutter, mich in dieser Hinsicht niemals bestärkt oder selbst etwas unternommen hatte, um vielleicht ihrerseits an frische Informationen über unsere beiden Söhne zu kommen. Ich begriff nicht, wie es sein konnte, dass wir die ganze Zeit über kein Wort über unsere Kinder gesprochen hatten. Oder wie wir sie einfach so hatten vergessen können. Also ich zumindest. Auch verstand ich nicht, wieso ich immer so zufrieden mit allem war und wieso es mir nicht gelang, mich über irgendetwas zu beschweren. Schon lange hatte ich vorgehabt, diesen Umstand zu ändern, aber es gelang mir einfach nicht. Deshalb kam ich zu dem Schluss, dass in dieser Durchsichtigen Stadt irgendetwas Seltsames mit mir und meinen Gedanken angestellt worden war, und ich schloss, dass das alles wohl etwas mit dem Wasser zu tun haben musste. Denn immerhin hatte mich niemand gezwungen, so und nicht anders zu denken. Und gleich nach unserer Ankunft hatten wir bereits eine erste dieser Kristallisationen über uns ergehen lassen müssen, angeblich, um irgendwelche Bakterien abzutöten. Und seitdem war ich nicht mehr derselbe. Und jedes Mal, wenn ich aus der Dusche kam, machte ich mir weniger Sorgen und war wieder ein kleines bisschen glücklicher.

Noch am selben Abend beschloss ich, nicht mehr zu duschen.

Da ich nicht wollte, dass alle mitbekamen, dass ich aufhörte zu duschen, ließ ich den Wecker einfach auf derselben Uhrzeit stehen. Ich brauchte ihn sowieso nicht. Ich brauchte mich nur vor dem Einschlafen ein bisschen zu konzentrieren, und schon wachte ich eine halbe Stunde vor der Zeit auf. Als ich noch ein richtiges Leben hatte, die Felder bestellte und zur Jagd ging, brauchte ich nie einen Wecker. Ich brauchte nicht einmal Morgenlicht oder einen Hahnenschrei, um wach zu werden. Es bedurfte lediglich einer Entscheidung. Auch während oder vor dem Krieg hatte ich nicht jeden Tag geduscht und schon gar nicht zweimal am Tag wie hier oder sogar dreimal, denn nach dem Tischtennis sollte man auch immer duschen. Passiert war mir deswegen noch nie etwas. Dabei unterschied sich das Wasser damals deutlich von dem Wasser hier, ob es nun gesammeltes Regenwasser aus einem vertrockneten Brunnen war oder aus den Tanklastern der Herren des Wassers stammte. Jedenfalls kristallisierte es einen nicht von außen und bis in den innersten Kern, noch stahl es einem den Geruch oder veränderte den Charakter.

Der Trick mit dem Konzentrieren funktionierte noch immer genauso gut wie früher, und so gelang es mir, noch vor dem morgendlichen Waschritual meines Nachbarn unbeobachtet ins Bad zu kommen und mich vor dem Duschen dick mit Salbe und Vaseline einzuschmieren. Dabei vermied ich es tunlichst, etwas von dem Duschwasser abzubekommen. Anschließend zog ich mich an, setzte mich an den Frühstückstisch und wartete darauf, dass auch die anderen aufstanden und zum Frühstück kamen. Als sie sahen, dass ich schon wach war, waren sie zunächst ein bisschen irritiert, aber ich hatte ja nichts Schlimmes getan, und aufstehen darf man, so früh man will, also nehme ich an, dass sie der Sache keine größere Bedeutung beimaßen.

Auf der Arbeit hingegen wurde es etwas problematischer. Bei Schichtende versuchte ich, mich an den Duschen vorbeizudrücken, aber da versperrte mir plötzlich der Aufseher den Weg. Ich sagte, ich fühlte mich nicht ganz wohl und würde womöglich etwas ausbrüten. Er antwortete, dass er mich gerne zum Arzt begleiten würde, aber erst, wenn ich geduscht hätte. Ich erwiderte, dass ich lieber nach Hause gehen und mich dort ein bisschen hinlegen würde. Er sagte, ich könnte nach Hause gehen, sobald ich geduscht hätte. Darauf antwortete ich, dass ich heute lieber zu Hause duschen würde, und er sagte, gerne könnte ich nach Hause gehen und dort duschen. Sobald ich mich hier geduscht hätte. Da das ganze Gespräch langsam absurde Formen annahm, ging ich unter die Dusche.

Und während ich duschte, beobachtete mich der Aufseher durch die gläsernen Wände.

Die Nacht darauf schlief ich tief und fest, sorgenfrei und ohne auch nur die geringsten Gedanken an meine Kinder oder sonst irgendwas. Dennoch versuchte ich es am nächsten Tag aufs Neue.

Wie gesagt, zu Hause war es gar nicht so schwer, das Duschen zu vermeiden. Aber ich musste dringend einen Weg finden, wie ich es auch auf der Arbeit umgehen könnte. Und da fiel mir nichts Besseres ein, als mich am ganzen Körper dick mit Salbe einzuschmieren. Denn dann könnte das Wasser nicht so leicht in meine Poren dringen und das mit mir tun, was es nun mal mit mir tat.

Nach der Arbeit stellte ich meinen Kotwurm ordnungsgemäß ab und ging wie immer unter die Dusche. Um nicht das Misstrauen des Aufsehers zu erregen, versuchte ich, möglichst wenig Zeit unter dem Duschkopf zu verbringen und dabei den Eindruck zu erwecken, ich würde sehr viel mehr Wasser abbekommen, als der Fall war. Hierzu streckte ich den Kopf unter der Dusche hervor und quasselte pausenlos mit meinen Kollegen, in der Hoffnung, dadurch meine wahren düsteren Absichten zu verschleiern. Selbstverständlich trank ich auch den ganzen Tag über keinen Schluck Leitungswasser. Was sollte es schließlich bringen, nicht zu duschen, wenn man sich anstelle dessen von innen kristallisieren ließ. Und so stolperte ich schließlich halb tot vor Durst in die Kneipe und stürzte gierig mein erstes Bier hinunter, und dann gleich ein zweites hinterher, das ich ebenfalls panisch herunterkippte, aus Angst, das gewonnene Terrain wieder zu verlieren. Vermutlich war das Bier aus demselben Wasser gebraut. Aber irgendetwas musste ich ja trinken, wenn ich nicht völlig verdursten wollte. Warum also nicht ein kühles Helles.

Trotz des ganzen Wassers, das ich mit meinen zwei oder drei, vielleicht auch vier Bier bereits intus hatte, konnte ich in jener Nacht bereits die ersten Früchte meines diabolischen Plans ernten. Statt wie sonst völlig sorglos einzuschlummern, schlief ich diesmal immerhin nur halbwegs selig ein. Es gelang mir sogar, mich an meine beiden Söhne zu erinnern und sie ein kleines bisschen zu vermissen. Meine Freude war groß, nicht mehr ganz so glücklich zu sein, und ich dachte mir, dass ich es vielleicht bei täglicher Wiederholung meines kleinen Rituals am Ende schaffen könnte, vollkommen unzufrieden zu werden und mich, wer weiß, endlich doch wieder ernsthaft über irgendetwas aufzuregen. Während ich schlief, umarmte ich also sozusagen meinen wachsenden Unmut. Aber ich will nicht ausschließen, dass ich vielleicht auch einfach nur dabei war, vollkommen verrückt zu werden.

Der nächste Tag fügte sich geradezu perfekt in meinen neuen Tagesablauf ein, der aus viel Salbe, Lügen, unvollständigem Duschen und noch viel mehr Bier bestand. Der ehemalige Bezirksvorsteher blieb verschwunden. Dennoch übertraf die nächste Nacht in jeder Hinsicht die letzte. Während des Abendessens verspürte ich kurz einen gewissen Drang, den jungen Tutor zu würgen. Es war zwar noch kein unbeherrschbarer Drang, dafür war es noch zu früh, aber immerhin konnte man schon behaupten, dass mir der Gedanke zumindest durch den Kopf ging.

Julios Lächeln vor dem Einschlafen entschädigte mich für all das Unrecht, das ich erlitten hatte. Unter meiner Schlafbrille hieß ich die schlimmsten Albträume willkommen. Und so ging es weiter, die ganze Woche, bis Freitag. Am Freitag beschloss ich, aus eigenen Stücken und auf eigenes Risiko, nicht zur Arbeit zu gehen. Es war das erste Mal, dass ich so etwas tat, ohne wirklich krank zu sein, ohne schriftliches Attest. Erst dachte ich, man würde mir auf der Straße Handschellen anlegen oder meine Frau anrufen, mich als vermisst melden oder gar die Geheimpolizei informieren – eine andere gab es hier ja nicht –, aber zu meiner Überraschung geschah rein gar nichts. Kurz blieb ich vor der Fabrik für Recycling und Destillation von Körpersäften stehen und zögerte ein paar Sekunden, doch dann ging ich weiter. Während ich so daherspazierte, stellte ich fest, dass ich noch nie ohne ein bestimmtes Ziel durch die Stadt gelaufen war und dass ich sie eigentlich gar nicht kannte. Meinen

Sektor kannte ich natürlich, logisch, die Fabrik, die Kneipe, die Sporthalle, die immer gleichen transparenten Gebäude, die überall dort standen, wo ich mich normalerweise aufhielt, oder die Orte, die sie und ihr Liebhaber für unsere kleinen Momente der Erbauung aussuchten, zum Beispiel das Kino im Viertel, in dem immer dieselben alten Musicals aus der Zeit lange vor dem Krieg liefen, oder der Park in unserem Sektor oder die öffentliche Leihbücherei. Aber in all der Zeit, die ich nun schon hier drinnen lebte, hatte ich mich noch nie herausgewagt aus meinem Viertel, war mir noch nie auch nur der Gedanke gekommen, so lange herumzulaufen, bis ich mir alles angesehen hatte. Bis ans Ende dieser merkwürdigen kristallisierten Stadt – wenn sie denn eines hatte.

An diesem Morgen also, der für alle anderen ein Morgen wie jeder andere war, für mich aber ein ganz besonderer, denn so hatte ich es beschlossen, machte ich mich auf den Weg. Ohne groß darüber nachzudenken.

Es war anzunehmen, dass auch dies etwas mit dem Duschwasser zu tun hatte, denn wenn man einmal durch und durch kristallisiert war, verging einem schlichtweg die Lust, Dinge um ihrer selbst willen zu tun, einfach so, ohne konkreten Anlass. Und tatsächlich konnte ich mich nicht mehr daran erinnern, wann mir das letzte Mal überhaupt ein eigener Gedanken gekommen war, von den paar harmlosen Anspielungen in der Kneipe mal abgesehen. Und selbst die stellten vermutlich nichts dar, worauf man sich groß etwas hätte einbilden können. Überall auf der Welt suchen Männer nach einem anstrengenden Arbeitstag Zuflucht bei einem Bier, aber das macht noch lange keine freien Menschen aus ihnen. Jedenfalls, an diesem schönen und völlig alltäglichen Freitagmorgen machte ich einen ausgedehnten Spaziergang durch die Stadt, ohne für mein Verhalten auch nur die geringste Erklärung anbieten zu können. Ich fühlte mich, als würde ich ohne jede Streckenkenntnis mit einem riesigen Tanker aufs hohe Meer hinausfahren.

Was für eine riesige Stadt dies war, so hell erleuchtet, so monoton und so langweilig. Meine hochgesteckten Erwartungen hätten von meinem Spaziergang nicht schlimmer enttäuscht werden können. Ein Viertel sah aus wie das andere, alles wiederholte sich, jede Straße, jedes Ladenlokal, jede Kneipe, jedes Kino, alles war immer gleich, und überall liefen dieselben angestaubten Musicals, die ich schon zig Mal gesehen hatte. Egal welche Richtung man einschlug, immer gelangte man schließlich an ein Ende, von dem aus man durch die gläserne Kuppel die Welt da draußen sehen konnte, die so nah war und doch so fern, und man konnte stundenlang durch die Gegend irren, ohne etwas anderes zu entdecken als die Stadt selbst und ihre Grenzen. Überall bin ich herumgelaufen, ohne auf irgendetwas Überraschendes zu stoßen, bis ich, da jede Orientierung wegen der immer gleich aussehenden Sektoren ein Ding der Unmöglichkeit war, zufällig vor dem Haupteingang stand, durch den wir hereingekommen waren, nachdem wir alles, was einmal uns gehörte, hinter uns gelassen hatten. Direkt neben dem Eingang befand sich meiner Erinnerung nach das Aufnahmelager. Durch die riesige durchsichtige Zeltplane sah ich etliche Unglückliche, die genau wie wir damals vor so langer Zeit ein Leben in dieser neuen Welt begannen und nicht die leiseste Ahnung davon hatten, was sie hier erwartete, glücklich, überhaupt noch am Leben zu sein, und traurig darüber, dass sie ihr Zuhause so weit zurückgelassen hatten. Auch die Lagerkommandanten sah ich, die ebenso abweisend und korrekt waren wie damals unsere, und außerdem zwei Tote, die am Kontrollposten baumelten. Zwei

| 171

Tote, die ich nicht kannte, zwei von vielen, die keinen Fuß unter die Glaskuppel setzen durften, denn zweifellos hatten sie für ihre Kriegsverbrechen büßen müssen, für Hochverrat oder ihr Festhalten an einem überkommenen Weltbild oder für ihr Misstrauen gegenüber diesem ganzen neuen, durchsichtigen Leben.

Das musste ich mir einfach aus der Nähe ansehen. Und kaum trat ich näher, stand auch schon der ehemalige Bezirksvorsteher neben mir, fast, als hätte er mich irgendwie erwartet. Erst einmal umarmten wir uns zur Begrüßung natürlich kräftig, gefolgt von Was machst du denn hier? und so weiter und so fort, das ganze blöde Gequatsche eben, das eine echte Freundschaft nur vortäuschen sollte. Obwohl ich zu jenem Zeitpunkt zugegebenermaßen bereits restlos von einem abgrundtiefen Misstrauen besessen war, denn in den vergangenen Wochen hatte ich ganze Arbeit geleistet. Und vielleicht traute ich mich genau deshalb, die Wahrheit zu sagen.

Als er mich fragte, wo ich hinwollte, antwortete ich, zu meinen Kindern. Als er sagte, die wären nicht hier, antwortete ich, dass würde ich ihm nicht glauben. Als er die Wachen rief, schrie ich ihnen entgegen, dass ich mich eher umbringen als festnehmen ließe. Als sie schließlich die Fäuste ballten, besann ich mich dann doch eines Besseren.

Manchmal sagt man so Sachen wie »Wenn ihr mich festnehmen wollt, müsst ihr mich erst umbringen«. Damit macht man sich Mut und denkt nicht groß über die Folgen nach. Und wenn man dann doch nachzudenken beginnt, ist es meist schon zu spät.

Ergeben Sie sich!, sagten alle Männer ihm Chor, und zugegebenermaßen verließ mich in Anbetracht ihrer Fäuste der Mut, und ich ergab mich. Ich fiel auf die Knie und ließ die Arme sinken, und da fielen sie über mich her.

Zwei Schläge streckten mich vollständig zu Boden, denn auf den Knien war ich ja schon, zwei Schläge in die Rippen, die sich anfühlten wie brennende Pfeile. Gegen Schläge gibt es keine Salbe, die einen schützen könnte. Hastig stotterte ich aus dem Gedächtnis ein lückenhaftes Gebet aus Kindertagen, und dann stellte ich mich tot. Ich bin tot!, dachte ich, aber wie ich so feststellte, dass ich das immer und immer wieder dachte, gelangte ich zu der Annahme, dass ich ganz so tot noch nicht sein konnte. Allerdings lag ich wohl im Sterben, so kam es mir jedenfalls vor, und ich erinnere mich noch gut daran, wie der Bezirksvorsteher mir in seiner mitfühlenden Art während meiner mutmaßlich letzten Atemzüge Mut zusprach und mir noch einmal den berühmten Witz von dem Pferd erzählte, das in Wirklichkeit Rechtsanwalt war und mit der Frau eines anderen armen Teufels ins Bett ging. Doch diesmal wurde ich bewusstlos, bevor ich die Pointe zu hören bekam. Allerdings nicht auf die Art bewusstlos, wie ich mir das bei einem Sterbenden vorstelle, denn in meinem Kopf schwirrten noch jede Menge Bilder und Lieder herum, vertraute Landschaften und alle möglichen bunten Tiere, solche, wie ich sie immer in Julios Tieratlas gesehen hatte. Ich weiß nicht, ob Tote noch träumen, vorstellen kann ich es mir jedenfalls nicht. Und so war ich in meinem Traum und dank meines Traums fest davon überzeugt, noch am Leben zu sein.

Nach der Schlägerei soll ich über zwei Monate geschlafen haben.

Keine Ahnung, ob das überhaupt möglich ist. Im Schlaf vergangene Zeit zu messen ist nicht leicht, und mir selbst kam es wesentlich kürzer vor. Eigentlich erinnere ich mich nur an einen einzigen Traum, der allerdings zugegebenermaßen ziemlich lang war.

In meinem Traum verscharrte ich noch einmal meine zwei Gewehre und markierte die Stelle sorgfältig mit einem Stein, und dann schüttete ich zusammen mit Julio immer weiter Benzin aus Kanistern auf unser altes Haus, und dann sahen wir es bis aufs Fundament herunterbrennen, und dann wurden wir in einen Bus gesetzt, und ein Jagdflieger bombardierte den Konvoi und traf den Bus, der hinter uns fuhr, und dabei starben alle Insassen oder zumindest dachten wir das, denn vor lauter Panik sahen wir gar nicht hin, und kurz darauf hatten wir eine Reifenpanne und flüchteten uns zusammen mit den Herren des Wassers in ein Hotel, und dann hauten sie mit der Feldflasche ab und überließen uns unserem Schicksal, und dann kamen wir in die Durchsichtige Stadt und, na ja, so ging es eben immer weiter und weiter, genauso, wie ich es bis jetzt erzählt habe, bis zum Auffanglager, in das ich mit der nachvollziehbaren Absicht gegangen war, Auskünfte über meine beiden verschollenen Söhne einzuholen, und wo mich die Wärter zusammenschlugen, und ich glaubte zu sterben, ohne es wirklich zu tun, und im Wachkoma oder im Schlaf muss ich also diese ganze Geschichte hier erzählt haben. Was ich damit meine, ist, dass in meinem Traum, also in dem Traum, den ich träumte, rein gar nichts geschah, sondern dass ich im Traum nur alles erzählte, was bis hierher geschehen war. Und wem erzählte ich das alles? Na, Julio. Denn Julio, der junge Bursche, der schon fast zum Mann herangewachsen war, saß plötzlich neben mir und hörte mir zu, wortlos wie immer, aber in seinen Augen las ich, dass er jedes einzelne Wort verstand.

Als ich aufwachte, war das Krankenzimmer leer. Nur ein paar Blumen in einer Glasvase, die neben dem Bett stand und in der Mittagssonne funkelte. Einen Moment lang dachte ich, das alles wäre nur ein Albtraum gewesen, in dem ich ebendiesen meinen Albtraum erzählte. Bis ich mich schließlich über die Blumen beugte und feststellte, dass sie nach rein gar nichts rochen. Bis ich feststellte, dass das Licht das immer gleiche gelbliche Licht der gläsernen Stadt war, bis ich die benachbarten Zimmer durch die transparenten Wände sah und die unter mir liegenden Zimmer durch den transparenten Fußboden und die über mir durch eine transparente Decke. Mit meinen eigenen Händen strich ich über die Mullbinden, mit denen meine wahrscheinlich gebrochenen Rippen umwickelt waren, und ich spürte erneut die schmerzenden Schläge. Das zumindest war real. Verdammtes Pack! Wie konnte man nur dermaßen auf mich einschlagen, obwohl ich mich schon ergeben hatte. Was waren das bloß für Leute? Ich wollte lediglich ein paar Fragen stellen über das Schicksal meiner Söhne und vielleicht auch über diese verdammte Stadt. Das ist ja wohl nicht zu viel verlangt. Über meine Söhne hatte ich nichts erfahren. Aber dafür wurde mir ein für alle Mal klar, unter was für Leuten ich hier lebte. Es war mir eine

Warnung. Immer ist es dasselbe, immer bleibt der Ton freundlich, bis man schließlich auf eigene Ideen kommt, und da fangen die Probleme auch schon an. Dieser Ort hier ist die Hölle auf Erden, nur scheint niemand etwas davon zu bemerken. Also warum gerade ich? Bin ich vielleicht krank, habe ich die Geduld verloren, hänge ich etwa dermaßen an meinen alten Gewohnheiten, dass ich sie einfach nicht ablegen kann? Warum nur schnürt es mir die Luft ab, ständig Menschen um mich zu haben, niemals keinen Menschen zu sehen, nicht einmal bei mir zu Hause oder hier in diesem Krankenhauszimmer? Warum bringt es mich so sehr aus der Fassung, ihre ständige Anwesenheit durch all das Glas hindurch zu spüren? Wieso ertrage ich es so schwer, dass es nie dunkel wird oder dass es hier keinen Ort gibt, an dem man sich verstecken könnte? Betreibe ich Verrat am Gemeinwesen? Und wenn es denn so sein sollte, warum werde ich dann nicht einfach kopfüber gehenkt wie die Herren des Wassers? Warum quälen sie mich so sehr und bringen mich nicht einfach um? Während ich mir all diese Fragen stellte, wurde mir allmählich bewusst, dass ich eigentlich eine Antwort auf eine ganz andere Frage suchte: Wie halten die anderen das alles hier aus? Lässt sich einfach alles ertragen, wenn nur jeden Tag genug zu essen auf dem Tisch steht? Zwar hatte ich hier noch nie jemanden hungern sehen, und für alle unsere Wehwehchen gab es stets irgendeinen Arzt, der sich sofort darum kümmerte, auch gab es weder irgendwelche Bosse noch Herrschaft noch Zwangsmaßnahmen, und wahrscheinlich wegen des Wassers fühlte man sich trotz alledem immer sicher und pudelwohl ..., aber war das wirklich alles, was man zum Leben brauchte? Warum vermisste ich das Blut der Tiere, die ich im Wald mit einem Schuss zur Strecke brachte? Warum suchte ich unbewusst immer weiter nach einer Art Bestrafung, bis ich sie schließlich fand, und warum berührte ich jetzt die wunden Stellen unter den Bandagen mit der Begeisterung von jemandem, der einen wertvollen Schatz liebkost? Was für eine Art Irrer bin ich eigentlich, dass ich beim Gedanken an sie, an all die Menschen in meiner Nähe, nichts anderes als Verachtung spüre? Wie kommt es, dass ich mich selbst nicht ebenso verachte? Woher habe ich nur diese seltsame Vorliebe für mich selbst, bin ich doch weder anders noch besser als der Rest meiner lächerlichen Mitbewohner in dieser merkwürdigen Stadt.

Früher war auch nicht alles wirklich gut, nicht immer stand alles in meinem Leben zum Besten. Aber damals konnten weder der Krieg noch die Angst mein gesamtes Sein dermaßen zersetzen wie nun dieses ständige Wohlbefinden. Und damals liebte ich sie, auch wenn ich gerade nicht an sie dachte, aber jetzt, seit wir hierhergekommen waren, betrachtete ich sie in Wirklichkeit als meinen Feind oder als eine Fremde. Nicht dass ich nun vollkommen anders über sie dächte, das nicht. Aber sie verhält sich jetzt mir gegenüber ganz anders. Wenn ich ihr nicht die Schuld daran gebe, dann nur deshalb, weil ich nicht mit Gewissheit sagen kann, ob ich eher der Wahrheit Glauben schenken soll, die sich direkt vor meinen Augen abspielt, oder irgendeiner anderen möglichen Wahrheit. Und weil meine Augen sich selbst schon nicht mehr trauen vor lauter Dingen, die sie bereits tatenlos mit ansehen mussten. Aber an ihr selbst ist nichts, was meinen ultimativen Verrat rechtfertigen könnte oder immerhin doch den Verrat, den ich zweifellos begehe, wenn ich es widerstandslos zulasse, dass sie sich weiter von mir entfernt, ohne dass ich auch nur den Versuch unternehme, dies zu verhindern oder zu verbieten oder mich dagegen zu wehren.

Die ganze harte Arbeit auf dem Land, von morgens bis abends, hat mir niemals einen vergleichbaren Ekel bereitet wie die Arbeit hier, obwohl sie gar nicht so anders war, eine Beschäftigung, nichts weiter. Und auch die Leute im Dorf, für die ich nicht das Geringste übrighatte, fand ich lange nicht so abstoßend wie diese Leute hier in der Stadt. Auch dem Wasser gegenüber hegte ich dort keinerlei Misstrauen, und nie wäre mir auch nur im Entferntesten in den Sinn gekommen, dass es mich etwa von innen heraus verfaulen lassen könnte. Sogar bares Geld bezahlte ich dafür, wenn es mal wenig Regenwasser gab, und niemals beklagte ich mich über seinen Preis, und genauso bezahlte ich widerspruchslos für alles andere, auch wenn es überteuert war, und ich akzeptierte den Bombenhagel und den Schatten der tödlichen Bedrohung, der sich über meine Familie legte, ohne auch nur einen Moment daran zu denken, mich zu widersetzen. Niemals spürte ich eine besondere Bindung an mein Land oder fühlte mich wie ein Patriot. Aber auch gegen feindliche Länder hatte ich nichts, gleichgültig wie ich ihrem Schicksal gegenüber nun einmal war. In meinem anderen Leben war ich im Grunde genommen ein Niemand gewesen. Das Unglück der anderen ging mich nichts an. Ich fühlte mich nicht als Teil von irgendetwas, das sich jenseits des Waldes oder der Felder oder meines Hauses oder meiner eigenen Leute befand. Nur sie, Augusto und Pablo bedeuteten mir etwas. Bis sich jener Bursche, der ganz allein durch die Wälder irrte, im winzigen Nest meiner Fürsorge und Zuneigung einnistete.

Hier dagegen, wo ich Teil eines Ganzen bin, das mein Wohlergehen sichert und meine Anteilnahme voraussetzt, fühle ich mich unweigerlich ausgeschlossen vom Gemeinwohl. Wie viel Böses steckt in einem Menschen, der sich nicht als einer von vielen betrachten kann? Es ist schwer zu sagen, wie sehr mich dieser Ort hier verändert hat. Und schwer fiele es auch, allein die Durchsichtige Stadt für meine Fehler verantwortlich zu machen. Ein Mann sollte von einem Ort zum anderen reisen können, ohne dabei seine Seele zu verlieren. Inzwischen fällt es mir schwer, mit Gewissheit zu sagen, ob der Mann, der ich jetzt bin, der ständig all das Glück um ihn herum leugnet, ob dieser Mann eine Folge der Umsiedelung ist oder ob ich vielleicht schon immer so gewesen bin und es erst hier und jetzt festgestellt habe. Vielleicht habe ich all das, was mir zustößt, ja auch verdient und erfreue mich deshalb mehr an meinen Wunden als an all der Gesundheit, die mir geschenkt wurde. Vielleicht trug ich das Böse bereits in mir, und die Leute hier trifft überhaupt keine Schuld. Es fällt mir zwar schwer, das zu glauben, aber möglich wäre es schon. Bereits als Kind war ich misstrauisch, und nie hatte ich den Eindruck, dass das Leben so viel Ertrag bringen würde, dass es sich lohnte, etwas davon mit anderen zu teilen. Nur mit meiner Frau genoss ich eine gewisse Vertrautheit, wie das so üblich ist bei Menschen, denen der Herrgott bei der Trauung seinen Segen spendet. Gemeinsam kümmerten wir uns um unsere Ländereien und um unsere Kinder, aber ganz öffnete ich ihr mein Herz nie. Warum auch hätte ich das tun sollen? Ich hatte keine Kunde darüber, dass sich irgendetwas darin befände. Auch Geheimnisse hatte ich nicht vor ihr, denn ich hatte überhaupt keine Geheimnisse. Sie und ich, wir liebten uns, wie sich die Leute eben so lieben, ohne großes Aufhebens darum zu machen. Bis schließlich der Krieg kam, und vielleicht liebten wir uns während des Krieges dann ein bisschen mehr, so jedenfalls kam es mir vor, wahrscheinlich, weil draußen jetzt die Bomben waren und die Gefahr und weil wir beide dieselbe Angst verspürten, unsere Kinder zu verlieren.

Und dann, in dieser seltsamen Ruhe in der Durchsichtigen Stadt, begannen wir allmählich, uns nicht mehr zu lieben. Vielleicht lag es ja auch daran, dass sie uns nicht mehr aneinander riechen ließen. Obwohl es hoffentlich nicht allein daran liegt, denn am Ende sind wir vielleicht ja doch ein bisschen mehr als Tiere.

Kurzum, mir war damals nicht bewusst, was ich heute darstellen würde oder ob ich mehr oder weniger darstellen würde als gerade jetzt oder zu irgendeinem anderen Zeitpunkt in meinem Leben, weder als Kind noch als Tagelöhner, weder als Vorarbeiter noch als Gutsbesitzer oder als Liebhaber. Ich war immer derselbe. Auch betrachte ich mich nicht als dermaßen anders, als dass ich in diesem neuen Leben als Exilierter oder Gefangener, oder was auch immer ich jetzt sein mochte, Alarm geschlagen hätte. Und wenn dieses bisschen jetzt alles sein soll, was mir wirklich gehört, die Schmerzen, die mir die Schläge in die Seite zugefügt haben und ein paar Erinnerungen, dann ist das vermutlich eben genau das, was ich verdient habe, und in Wirklichkeit hatte ich nie mehr als das. Wozu mich also beschweren? Ich wäre wirklich der Letzte, der Anklage erheben würde.

Und während ich so darüber nachsann, die Strafe, die ich mir selbst auferlegt hatte, vielleicht einfach zu akzeptieren und nicht andere dafür verantwortlich zu machen und ihnen also zu verzeihen, was sie mir angetan hatten, da stand plötzlich Julio vor mir, nahm sich einen gläsernen Stuhl, setzte sich hin und fing zu meinem größten Erstaunen an zu sprechen.

»Wie geht es Ihnen, Vater?«

Noch bevor ich eine Antwort stammeln konnte, wurde mir bewusst, dass dies nicht nur die ersten Worte waren, die ich Julio je sagen gehört hatte, nein, es war auch die erste Stimme, die ich seit Langem von außerhalb meines Kopfes vernahm.

»Gut«, antwortete ich, ohne zu wissen, ob das zutraf.

»Sie sollten sich nicht so viele Gedanken machen. Manche kommen besser damit zurecht, manche schlechter.«

»Zurechtkommen? Womit sollen sie denn zurechtkommen?«

»Mit der Anpassung. Das ist der Grund, weshalb wir hier sind. Wir sollen uns an den Gedanken gewöhnen, dass wir uns anpassen müssen. Aber manche kommen nicht so gut damit klar.«

»Seit wann kannst du eigentlich sprechen?«

»Seit Sie hier drinnen sind. Nach Ihrem Unfall blieb mir nichts anderes übrig, als zu sprechen. Seit Sie zu Hause fehlen, muss sich ein anderer um die Familie kümmern. «

»Und was ist mit diesem Typen? Mit deinem Tutor?«

»Ach der, das ist ein ziemlicher Schwachkopf ...«

»Allerdings. Übrigens, ich weiß ja nicht, was sie dir erzählt haben, aber das hier, das war gar kein Unfall. Ich bin zusammengeschlagen worden.«

»Ich weiß. Aber sie nennen es so.«

»Sie? Wer denn bitte?«

»Sie alle. Hier gibt es keinen, der anders ist oder besser als der andere, niemand erteilt Befehle, wir regeln hier alles unter uns. Es gibt auch keinen, der uns etwas sagt, wir sagen uns alles gegenseitig.«

»Ich habe noch nie jemanden Befehle erteilt oder irgendwas Besonderes geregelt, auch gesagt habe ich nie groß etwas ...«

»So was macht hier ja auch keiner. Das ist es ja gerade. So kann man nämlich keinem die Schuld für irgendwas geben. In dieser Stadt gibt es keinerlei Autorität. Es gibt weder etwas, worüber man sich beschweren könnte, noch jemanden, bei dem man das tun könnte. Es gibt nichts, wofür man kämpfen könnte oder was man erklären müsste, oder jemanden, gegen den man kämpfen oder dem man etwas erklären müsste ...«

»Und was ist mit der Übergangsregierung?«

»Die Übergangsregierung sind wir selbst, all die Menschen, die man durch die durchsichtigen Wände beobachten kann. All die Leute, die in den Gewerkschaftsversammlungen zur Wahl gehen. Jeder Einzelne von uns.«

»Die hatten schon recht auf der Schule. Du bist wirklich ein schlaues Bürschchen.«

»Danke, Vater.«

»Ich habe geträumt von dir. Ich habe geträumt, dass du hier sitzen würdest und ich dir eine Geschichte erzählte.«

»Sie haben sie mir wirklich erzählt.«

»Dann habe ich das also alles doch nicht nur geträumt.«

»Doch, schon. Aber im Schlaf haben Sie geredet. Und ich habe es mir angehört.«

»War noch jemand dabei?«

»Nein, nur ich.«

»Und du, auf welcher Seite stehst du?«

»Ich stehe auf der Seite derer, die hier ausbrechen und zu den alten Ländereien zurückkehren, die den Berg heraufsteigen und in den Wald gehen, um zwei Gewehre auszugraben. Auf der Seite derer, die noch nicht aufgegeben haben. Und jetzt ruhen Sie sich aus. Ich will, dass Sie zu Kräften kommen. Wir müssen bald los.«

»Und was ist mit ihr?«

»Sie bleibt hier, ihr gefällt es hier. Mutter denkt, dass Sie sie im Stich gelassen haben, dass Sie nicht an sich arbeiten wollen, dass Sie sich aufgegeben haben.«

»Das kann ich ihr nicht verdenken.«

»Sie hat ihre Entscheidung getroffen. Das steht ihr zu. Aber wir müssen unsere eigene Entscheidung treffen.«

»Meine habe ich schon vor langer Zeit getroffen, auch wenn sie dann in Vergessenheit geraten ist, aber jetzt kann ich mich plötzlich ganz klar daran erinnern. Wann zum Teufel hauen wir hier endlich ab?«

»Morgen.«

»Prima. Und wie machen wir das?«

»In Ihrem Wurm aus Scheiße, Vater. Ich habe ihn aus der Garage der Recyclingfabrik für Scheiße gestohlen und im hohen Gras hinter der Durchsichtigen Stadt versteckt.«

»Und du bist nicht beobachtet worden?«

»Hier sieht keiner irgendetwas.«

»Mich haben sie sehr wohl gesehen, und dann haben sie mich verprügelt.«

»Sie sind es frontal angegangen, Vater, aber so geht das nicht. Man muss sich von der Seite her anschleichen.«

»Alles klar, verstanden, von der Seite her anschleichen, aha. Aber hör mal, dieser Wurm aus Scheiße, den ich gefahren bin, der fährt nicht besonders schnell, das wirst du ja bereits gemerkt haben. Glaubst du wirklich, wir können damit abhauen? Vielleicht sollten wir wenigstens die Waggons mit der Scheiße abkoppeln ...«

»Nein, auf gar keinen Fall. Die Scheiße spielt eine wichtige Rolle.«

»Ach ja? Und wofür?«

»Sie ist das Ablenkungsmanöver. Ich habe alles vorbereitet. Also machen Sie sich keine Sorgen, ruhen Sie sich einfach aus. Morgen früh hole ich Sie ab.«

»Das klingt mir viel zu simpel. So klappt das nie.«

»Es ist einfacher, als Sie denken, Vater, und klappen wird es auch. Eigentlich will nämlich keiner wirklich weg von hier. Es ist noch nicht einmal verboten zu gehen. Deshalb gibt es auch so gut wie keine Überwachung.«

»Wenn es nicht verboten ist, warum gehen wir dann nicht einfach durch ein Tor, und das war's?«

»Betrachten Sie es als Vorsichtsmaßnahme.«

»Verstehe ...«

Weitere Kommentare verkniff ich mir. Es war vollkommen klar, dass der Bursche wesentlich schlauer war als ich, und es war vollkommen sinnlos, seine Ideen anzuzweifeln oder sie mit meinen eigenen Ideen zu vergleichen.

Julio küsste mich auf die Stirn und verabschiedete sich. Mutig und selbstbewusst ging er durch die Tür hinaus. Er war zum Mann geworden. Durch die transparenten Wände sah ich ihn über die Gänge schreiten, so wie ich damals meine echten Söhne auf ihrem Weg durch den Wald in den Krieg betrachtet hatte. Er war zwar nicht mein eigen Fleisch und Blut, aber gesorgt hatte ich mich um ihn wie um einen eigenen Sohn. Sogar Vater hatte er mich genannt. Im Übrigen, wen hatte ich denn schon außer ihm? Ich muss schon sagen, ich war mächtig stolz auf ihn.

Vor lauter Nervosität wegen der bevorstehenden Flucht konnte ich fast nicht schlafen. Ich schloss die Augen und versuchte, mich daran zu erinnern, wo genau ich die Waffen vergraben hatte. Und wie immer, wenn man dringend darauf angewiesen ist, ließ mich auch hier mein Gedächtnis nicht im Stich. Es war, als würde ich in Gedanken wieder über unsere alten Ländereien laufen, jeder Baum im Wald war mir vertraut, sogar den Geruch nach frischem Moos hatte ich in der Nase, und die kleinen Tümpel, und ich hörte die verräterischen Geräusche der Wiesel, die sich zwischen den Ästen versteckten, und weit hinten, ganz tief im Dunkel, zwischen den dichten Ästen der Fichten, erblickte ich schließlich den Felsbrocken, mit dem ich das Versteck gekennzeichnet hatte. Der Wald war genauso, wie ich ihn in Erinnerung hatte, und eine große Ruhe breitete sich in mir aus, aber nicht etwa so wie früher, als ich gar nicht anders konnte, als ruhig zu sein. Das hier war eine andere Art von Ruhe, eine Ruhe, die mir vertraut war und die ich nicht als Bedrohung empfand.

Ich erwachte früh am Morgen, allerdings ohne die leiseste Ahnung, wie spät genau es sein mochte. An einem Ort wie diesem, an dem es kein wechselndes Tageslicht gab, konnte man nur sehr schwer sagen, wann genau die Dinge geschahen, wie viel Arbeit jemand investierte, wie geduldig oder wie hastig man sein sollte. In dieser verhängnisvollen beständigen Helligkeit löste sich jede Dringlichkeit in Luft auf.

Die anderen Kranken in meiner Umgebung schliefen alle noch friedlich unter ihren Schlafmasken. Ich stieg aus dem Bett und wartete auf Julio.

Ich wartete und wartete, ohne recht sagen zu können, wie lange ich eigentlich wartete. Krankenschwestern mit Essen kamen und gingen, ebenso einige Ärzte, die mir jede Menge Erläuterungen zu meinem prekären Gesundheitszustand gaben, die ich alle nicht verstand. Nicht dass ich mir allzu viel Mühe dabei gegeben hätte, denn ich war ja nicht mal imstande zu sagen, ob »eine ordentliche Tracht Prügel kassieren« der richtige Ausdruck war für das, was ich erlebt hatte, aber ich bin ja schließlich auch kein Arzt. Ich glaube, einer von ihnen sagte, ich wäre verrückt geworden, die Wände des Krankenhauses bestünden in Wirklichkeit aus Beton, und die Stadt wäre keineswegs aus Glas. Alles hier hätte sehr wohl noch einen Geruch, und das träfe in besonderem Maße auf mich zu, denn ich würde mich ja standhaft weigern zu duschen. Außerdem versuchten sie mir einzureden, Julio sei immer noch stumm und keineswegs hochbegabt, sondern geistig ein bisschen zurückgeblieben. Deshalb hätte er auch die Schule verlassen müssen. Und der Herr, der jetzt in meiner Wohnung lebte, kümmere sich um ihn, weil nicht davon auszugehen war, dass ich mich um irgendwen kümmern könnte. Und meine anderen Kinder, meine leiblichen Kinder, wären lange schon als verschollen gemeldet und für tot erklärt worden. Das alles legten sie mir mit leichenbitterer Miene dar und ohne auch nur im Geringsten zu zögern, weshalb ich sofort wusste, dass alles gelogen war.

Ich nahm es ihnen noch nicht einmal krumm, auch wenn mir vollkommen klar war, dass nichts davon stimmte. Ich ließ es eigentlich gar nicht an mich heran. Ich bin nicht der Typ, der sich mit Unbekannten abgibt, egal wie viel sie auch studiert haben mögen.

Betraten all diese Fremden den Raum, legte ich mich ins Bett. Verließen sie den Raum, stand ich wieder auf und wartete weiter.

Tagelang stand ich so in meinem gläsernen Zimmer, umgeben von lauter Kranken, die in ihren Betten lagen, und wartete darauf, dass Julio, der inzwischen zu einem kräftigen jungen Mann herangewachsen war, mich holen käme.

Doch er kam nicht.

Weder eine Nachricht noch irgendein Lebenszeichen, rein gar nichts.

Ich nahm an, dass sie ihn erwischt hatten. Vielleicht war er ja doch nicht ganz so schlau. Vielleicht hatte er mich aber auch reingelegt, obwohl er eigentlich gar nicht hinterhältig wirkte. Doch lieber stellte ich mir vor, dass diese Leute, die anscheinend alles selbst entschieden, nun eben die Entscheidung gefällt hätten, ihn aus dem Weg zu räumen. Oder vielleicht war er sogar noch ein bisschen schlauer, als ich dachte, und hatte sich einfach allein aus dem Staub gemacht, ohne auf mich zu warten. Ich konnte ihm da keinen Vorwurf machen, schließlich war er ein kräftiger junger Mann und hatte das ganze Leben noch vor sich. Warum hätte er sich mit einem alten Mann wie mir belasten sollen? Fast war ich froh, dass er mich im Stich gelassen hatte. Was hätte ich ihm bei seinem Abenteuer da draußen schon nutzen sollen?

In meiner Vorstellung tuckerte er auf meinem kleinen, beschissenen Traktor, mit einem Wurm aus Scheiße im Schlepptau, langsam, aber sicher einem besseren Leben entgegen. Niemals aber würde Julio, egal wie schlau er auch sein mochte, meine Gewehre finden, denn die hatte ich ganz allein vergraben, und nur einer konnte sie wiederfinden. Und der war ich.

Julio würde mich nicht abholen, und das war vielleicht auch das Beste und das Vernünftigste für ihn.

Der Gedanke, ihn nie mehr wiederzusehen, machte mich schon ein bisschen traurig, aber schließlich fand ich mich damit ab und gelangte zu der Überzeugung, dass er einfach nicht mehr käme. Und das war auch ganz gut so, denn wie in aller Welt könnte man von einem so außergewöhnlichen Jungen, für den es noch so viel zu entdecken gab, verlangen, dass er seinen alten, gebrechlichen Vater an seinem Abenteuer teilhaben ließ, wo ich doch noch nicht einmal sein leiblicher Vater war und bloß einen Klotz am Bein darstellte, eine zusätzliche Last, eine schreckliche Bürde.

Wollte er seine Haut retten, blieb dem armen Burschen nichts anderes übrig, als mich dabei auf der Strecke zu lassen.

Trotzdem blieb ich vorsichtshalber noch ein wenig hier stehen und wartete noch ein bisschen.

Eines Tages erschien meine Frau in Begleitung ihres Anwalts und jeder Menge Scheidungspapiere und aller möglicher Dokumente, die noch viel schwerer verständlich waren und in denen es um ihr Sorgerecht ging, und zwar für Julio. Als ich sie kommen sah, legte ich mich schnell ins Bett und setzte eine leidende Miene auf. Ich sagte, das mit der Scheidung wäre mir vollkommen egal, aber das mit Julio

| 189

könnten sie vergessen. Ich ließ sie wissen, dass Julio schon lange abgehauen wäre und diese dämliche Stadt mit ihren lächerlichen Gesetzen verlassen hätte. Das alles verdankte er seiner enormen Intelligenz, und das ganze Kleingedruckte fände ich lachhaft, denn das Kind, das sie vorgaben zu schützen, wäre lange schon ein freier Mann und auf seinen eigenen Schwingen davongeflogen.

Das allerdings bestritten sie. Julio könnte gar nicht fliegen, Julio könnte noch nicht einmal sprechen. Ganz im Gegenteil, der arme Julio würde genau jetzt im Moment, wie immer um diese Uhrzeit, schön entspannt in seiner Sonderschule sitzen.

Wäre meine Seele von einem Speer durchbohrt worden, es hätte mir nicht mehr Schmerzen bereiten können. Auf einmal war Julio diesen Dummköpfen zufolge gar kein Genie. Diesen Unsinn konnte ich unter gar keinen Umständen glauben. Allerdings wünschte ich mir zu diesem Zeitpunkt auch nichts sehnlicher, als die beiden wieder loszuwerden.

Also unterschrieb ich einfach, und schon zogen sie von dannen. Leute, die bekommen haben, was sie wollen, sind meist sehr schnell wieder weg.

Kaum waren sie aus der Tür, stand ich wieder auf.

Und wartete weiter.

So lange stand ich in meinem Schlafanzug da und wartete, dass schon unglaublich viel Zeit vergangen war. Und so wurde ich mir allmählich meines eigenen Wartens bewusst. Doch selbst da wartete ich noch ein bisschen länger, einfach nur so, für alle Fälle. In Sachen Geduld konnten mir wirklich weder Tod noch Teufel das Wasser reichen.

Jedenfalls, ich wartete eine schiere Ewigkeit, und das alles völlig umsonst. Und schließlich musste ich mir wohl oder übel Gedanken darüber machen, wie ich mich auf eigene Faust von hier absetzen könnte, ohne fremde Hilfe. Ich war jetzt ganz allein auf mich gestellt, auf meine Intelligenz, auf meine ureigensten Instinkte.

Ich würde lügen, wenn ich behauptete, da wäre mir nicht irgendwann der Gedanke an Kapitulation gekommen.

Die Durchsichtige Stadt zu verlassen war gar nicht so schwer wie gedacht, nicht einmal einen Plan brauchte man. Ich sammelte einfach all meinen restlichen Mut zusammen, und schon war ich bereit. Wie jemand, der so lange Krumen vom Boden aufklaubt und in seinen Händen knetet, bis sie eine Masse ergeben, die sich ungefähr anfühlt wie Brot. Und so ging ich eines Tages mit meinem solcherart verdichteten Mut einfach im Schlafanzug an all den zerstreuten Patienten und Pflegern vorbei, denen mein Schicksal vollkommen gleichgültig war, hinaus aus der Klinik und lief durch die Straßen, vorbei am Aufnahmelager bis zum Stadttor, und da passierte ich dann völlig problemlos den Kontrollposten, der die Grenze darstellte. Vermutlich hielten sie mich wegen meines entschlossenen Blicks und des aufrechten Gangs für einen Irren, auch in Anbetracht der etwas ungewöhnlichen Kleidung. Und noch immer verstand ich nicht, wieso sie mich damals, als ich mich bloß nach meinen beiden Söhnen erkundigen wollte, verprügelt hatten, während sie mich jetzt völlig ungehindert passieren ließen. Aber vielleicht waren Fragen in der gläsernen Stadt ja einfach rundherum unerwünscht, während so eine Flucht keinen auch nur im Geringsten störte. Meiner Meinung nach kann man es noch nicht einmal wirklich eine Flucht nennen, wenn jemand einfach einen Ort verlässt, an dem er von nichts oder niemand zurückgehalten wird. Jedenfalls, ich verließ in aller Ruhe die Stadt und lief dann einmal um die Glaskuppel herum, ohne von irgendwelchen Wachleuten belästigt zu werden, auf der Suche nach meinem kleinen Traktor, von dem Julio behauptet hatte, er würde ihn im Gestrüpp verstecken. Aber da war nichts. Keine Ahnung, ob der Junge mir gar nicht wirklich hatte helfen wollen oder ob er es bloß nicht geschafft hatte, aber egal, es ging ihn ja eigentlich auch gar nichts an, ob sein Beinahe-Vater nun drinnen sein wollte oder draußen, hier oder weit weg, und so begab ich mich, ohne dem Jungen einen Vorwurf zu machen – was konnte er denn schon dafür, der kleine Engel? –, Richtung Landstraße und lief immer weiter geradeaus, bis ich unsere alte Weide erreichte, und von da aus immer weiter, bis in die Berge. Weiter lief ich und immer weiter und weiter und brachte dabei so viele Kilometer wie irgend möglich hinter mich. Und schließlich verstand ich, denn es war die einzig logische Erklärung: Ich hatte das Gespräch mit ihm nur geträumt. Auf einmal hatte ich keinerlei Zweifel mehr daran, dass der Junge gar nicht sprechen konnte. Und wenn er eines Tages doch sprechen würde, dann, bei Gott, ganz bestimmt nicht mit mir.

Nach drei Tagen Fußmarsch erreichte ich meine alte Heimat. Unangenehme Begegnungen hatte ich unterwegs keine, fast könnte man sagen, das Glück wäre mir hold gewesen. Statt denselben Weg wie auf der Hinreise zu nehmen, beschloss ich, meiner Intuition zu folgen und mich durch die Büsche zu schlagen, am Fuße des Berges und abseits der Straße, die wir gemeinsam entlanggegangen waren, sie, Julio und ich. Das Letzte, was ich wollte, war nämlich, irgendwem zu begegnen.

Ich hatte kein Gepäck, und die erste Nacht verbrachte ich auf dem nackten Boden, ohne Wasser und Nahrung. Am zweiten Tag kam ich an eine Müllkippe, auf der ich alles fand, was ich brauchte, um meine Reise fortzusetzen: warme Kleidung und eine große Plane, mit der ich ein Zelt bauen konnte, Decken und leere Flaschen, die ich mit schmutzigem Wasser aus einem kleinen Tümpel füllte, sogar ein Paar Stiefel, ohne Schnürsenkel zwar, aber die Sohlen waren intakt. Sie passten mir sogar fast. Ordentliche Uniformstiefel, wie sie meine Söhne in diesem Krieg getragen hatten. Zu Essen fand ich nichts außer Kräutern, Walderdbeeren und Wacholder, aber fürs Erste war das genug. Die alten Klamotten stanken fürchterlich. Es handelte sich um eine Hose, die auf Höhe der Knie abgerissen war und um einen Wollmantel, noch ganz gut in Schuss. Aber da ich es dermaßen satthatte, in der Stadt jahrelang nichts gerochen zu haben, genoss ich zugegebenermaßen sogar diesen fürchterlichen Gestank. Der Schweiß derer, die früher in diesen Klamotten herumgelaufen waren, wurde zu meinem ständigen Begleiter. Zwar hatte ich diesen Secondhandgeruch noch nicht selber angenommen, aber er erschien mir bereits auf entfernte Weise vertraut.

In der dritten Nacht regnete es, und so konnte ich das brackige Wasser in den Flaschen gegen frisches Regenwasser austauschen, das einfach köstlich schmeckte. Als ich nach dieser letzten Nacht aufwachte, glaubte ich, in der Ferne bereits die Landschaft meiner alten Heimat zu erkennen, und die Freude, mit der mich dieser Anblick erfüllte, ist für jemanden, der noch nie selbst dazu gezwungen gewesen war, seine Heimat zu verlassen, nur schwer nachzuvollziehen, leicht jedoch vorstellbar für jeden, der schon einmal im Exil gewesen ist. In aller Frühe machte ich mich auf den Weg und gelangte ins Dorf, oder in das, was davon übrig war. Niemand kam, um mich zu begrüßen, denn es war keiner mehr da. Ausnahmslos alle waren verschwunden: Menschen, Ratten, Hunde. Auf den Straßen und zwischen den verrußten Ruinen wuchs Unkraut. Geschäfte, Dorfkneipe, Post, alles war wüst und leer. Auf der Straße lagen Glasscherben. Die Kirche stand zwar noch, aber sie war schwarz vor Ruß. In den Bassins der Schwimmanstalt schwappte fauliges, stinkendes Wasser. Die Brunnen waren vertrocknet. Im Kirchturm fehlte, weiß der Himmel warum, die Glocke. Wahrscheinlich hatte man sie eingeschmolzen, um Kugeln daraus zu gießen oder bronzene Münzen. Ich durchquerte das Dorf, ohne irgendwelche Hinweise auf Tiere oder Insekten oder Geister oder auf sonst irgendetwas zu finden, das auch nur im Entferntesten an irgendeine bekannte Lebensform erinnerte, und machte mich auf den Weg zu unserem Grundstück. Dort sah ich mein altes Haus, das bis auf die Grundmauern heruntergebrannt war, den verwilderten Garten, der völlig mit den Feldern verschmolzen zu sein schien, unseren Gemüsegarten, in dem nichts mehr wuchs, die leeren Ställe, die vertrockneten Brunnen. Nichts von alledem, was wir einmal unser Eigen nannten, hatte überlebt. Ich tröstete mich damit, mein ehemaliges Zuhause links liegen zu lassen, und schlug mich in die Büsche. Wenigstens der Wald war immer noch der alte. Ich suchte nach dem Felsbrocken, der als Markierung für mein Waffenversteck gedient hatte, konnte ihn aber nicht finden. Heftige Regenfälle und die eingeschlagenen Bomben hatten das Gelände völlig verändert, oder vielleicht ließ mich auch meine Erinnerung im Stich, oder jemand anders hatte die Waffen bereits gefunden, und ich könnte ihrer nicht mehr habhaft werden. Es war wohl ein bisschen naiv gewesen zu glauben, ich würde zu meinem Versteck zurückkehren können, bevor es jemand anders gefunden hätte. So grub ich mit bloßen Händen erfolglos das gesamte Gelände um wie ein Maulwurf und setzte mich schließlich erschöpft unter einen Baum, während langsam die Dämmerung hereinbrach. Für einen ganz kurzen Moment vermisste ich die gläserne Stadt und ihre durchsichtigen Dächer und Wände, vermisste meine Frau und den kleinen Julio, all das wenige, das mir dort noch gehörte. Doch wutentbrannt beschloss ich, nie wieder dorthin zurückzukehren. Eine Rückkehr war ausgeschlossen, und nicht noch einmal würde ich mir erlauben, meine eigene Gefangenschaft zu vermissen. Ich schwor mir, die Durchsichtige Stadt nie wieder zu betreten. Nie wieder wollte ich andere Menschen sehen, ohne daran etwas ändern zu können. Nie wieder wollte ich zulassen, dass andere dazu verdammt wären, mich sehen zu müssen. Und ich beschloss, sollte der Tag einmal kommen, nur noch Leute zu grüßen, die wie ich dazu in der Lage wären, sich immerhin zu verstecken.

Ich schwor mir, ab jetzt und für den Rest meines Lebens im Wald zu bleiben und eines schönen Tages hier auch zu sterben. Allein oder in Gesellschaft, wer konnte das schon sagen.

Ich suchte nach ein paar dicken Ästen und baute mir daraus ein Zelt. Dies war der Ort, der von nun an bis ans Ende meiner Tage mein Zuhause darstellen sollte. Und unter der Plane meldete sich mein alter, gesunder und so lange entbehrter Optimismus wieder zu Wort, inmitten der schwärzesten Nacht, unbewaffnet und allein in meiner Einsamkeit.

Vertraute Stimmen waberten durch jene merkwürdige Dämmerung des Verstands kurz vor dem Einschlafen, eingebildete oder echte, die die Erinnerung vielleicht in mir heraufbeschwor. Aber jedenfalls klangen sie vertraut. Und es waren Stimmen, die nichts von Untergang, Evakuierung und Niederlage wussten.

Endlich war ich dem einzigen denkbaren Sieg zum Greifen nahe, nämlich der Erinnerung an meine eigene Stimme, die mich – und nur mich – schon seit Kindertagen begleitet hatte, noch bevor es alles andere und alle anderen gab.

Wann ich eingeschlafen bin, weiß ich nicht. Auch fehlt mir jede Erinnerung daran, etwas geträumt zu haben. Doch als ich erwachte, stand die Sonne schon fast im Zenit, und während ich noch aufstand und mich reckte, meinte ich, in der Ferne jemanden herumlaufen zu sehen. Instinktiv griff ich nach einem Knüppel und wartete, ob sich der Mann vielleicht in meine Richtung bewegte, um bald darauf festzustellen, dass er genau das tat. Er lief direkt auf mich zu. Aber das war bei Weitem noch nicht das Schlimmste. Sehr viel beunruhigender war, dass ich, je näher er kam, immer mehr Bekanntes an ihm bemerkte, bis er mir schließlich vollkommen vertraut erschien und kein Zweifel mehr daran blieb, dass es sich tatsächlich um Julio handelte.

Wahrscheinlich hatte sie ihn am Tag seiner Ankunft ganz ähnlich auf sich zulaufen sehen, nur dass er jetzt um einiges größer war und weder verletzt noch entkräftet, sondern vielmehr bewaffnet.

Er hatte eine Präzisionsarmbrust dabei, mit der man ein flüchtendes Wildschwein aus dreihundert Meter Entfernung zur Strecke bringen konnte, und ich stand da wie angewurzelt, vor lauter Verblüffung, vielleicht ja auch aus purer Freude.

Ich schmiss den Knüppel weg, denn egal, was er vorhatte, ich würde Julio ganz sicher nicht damit schlagen. Um ehrlich zu sein, ich würde ihn sowieso nicht besiegen können, egal ob mit oder ohne Armbrust. Also setzte ich mich hin und wartete auf ihn, wie jemand, der sich in sein Schicksal fügt. Komme, was da wolle. Und je näher er kam, desto klarer wurde mir, wahrscheinlich rein intuitiv, dass er wahrscheinlich keine guten Nachrichten bringen würde.

Als ihm nur noch um die zweihundert Meter fehlten, hob er die Hand wie zum Gruß, und aus Reflex grüßte ich zurück.

Schließlich war er da und setzte sich wortlos nicht etwa neben mich, sondern unmittelbar vor mich. Dabei legte er die Armbrust keineswegs aus der Hand, sondern behielt den Finger immer nah am Abzug. Das alles wirkte ein bisschen bedrohlich. Als ich ihm in die Augen sah, erinnerte rein gar nichts mehr an das Kind, das ich früher einmal gerne in meinem Haus aufgenommen hatte, das laut lachend die Flure entlanggelaufen war, das eine Vorliebe für das Zeichnen von exotischen Tieren hatte und zweifellos in jenen unerträglichen, durchsichtigen Tagen der gläsernen Stadt mein einziger wahrer Vertrauter gewesen war.

Irgendetwas sagte mir, dass er nicht etwa gekommen war, um sich mir anzuschließen, sondern um mich zu jagen.

Da ich wusste, dass er nicht mit mir sprechen würde, stellte ich ihm ein paar entscheidende Fragen.

Insgesamt drei, eine nach der anderen:

Bist du gekommen, um mich zurückzubringen?

Er schüttelte den Kopf.

Bist du gekommen, um mich zu töten?

Er nickte.

Was wird mir vorgeworfen?

Darauf sagte er nichts, logisch, und so formulierte ich die Frage noch einmal neu, sodass er sie beantworten könnte, ohne ein Wort sagen zu müssen.

Leute wie ich haben in der Welt, die ihr errichtet, nichts mehr zu suchen, richtig?

Wieder nickte er, diesmal fast unmerklich, und irgendwie wünschte ich mir, dass er dabei zumindest ein gewisses Bedauern verspürte.

Dann hob er die Armbrust und legte aus der Hüfte auf mich an. Das Zielen konnte er sich sparen, so direkt wie er da vor mir stand.

Da gab ich mich endgültig geschlagen, und wie es anderen in dieser neuen Welt erging, kann ich nun nicht mehr berichten. Ich nehme an, sie werden sich prächtig schlagen, und Leute wie ich, die kein Vertrauen in die Zukunft haben, waren schon immer ihre Feinde.

Aber eins steht fest. Was mich betrifft, so hatten sie gewonnen.

Nur einen letzten Wunsch hatte ich, bevor sich schließlich ein feiner Nebel über alles Sichtbare und Unsichtbare legte, über alles Durchsichtige und alles Verborgene: Ich wünschte mir, dass meine echten Kinder auf ihrer Seite stünden und nicht etwa auf der meinen.

Denn man muss wissen, wann es Zeit ist zu gehen.

Und lernen, mit Bewunderung auf die Siege der anderen zu blicken.

DER AUTOR

Ray Loriga, geboren 1967 in Madrid, ist ein spanischer Autor. Sein literarisches Werk wurde in vierzehn Sprachen übersetzt und wird von nationalen und internationalen Kritikern geschätzt. Als Drehbuchautor hat er unter anderem mit Pedro Almodóvar und Carlos Saura zusammengearbeitet. Auf Deutsch erschienen mehrere Romane, etwa »Tokio liebt uns nicht mehr«, »Trifero« und »Der Mann, der Manhattan erfand«. Er wurde mit zahlreichen Preisen ausgezeichnet. Für »Kapitulation« erhielt er den mit 175 000 Dollar dotierten Premio Alfaguara de Novela.

»Ray Loriga entwirft eine beunruhigende Dystopie, in der alle Geheimnisse verboten sind.« *Publishers Weekly*

»Loriga ist der Rockstar der europäischen Literatur.«
The New York Times

»Hochspannend bis zum äußerst überraschenden Ende.«
World Literature Today